## Vorwort:

Liebe Leserinnen, liebe Leser,

Dankeschön das sie sich, für dieses Buch entschieden haben.
Das Buch...oder eher die Geschichte, die sie nun in den Händen halten, wurde erschaffen und kreiert von zwei „Hobby - Autoren". Daher erwarten sie kein Meisterwerk sondern eher eine kurzweilige Unterhaltung. Die Idee zur Erschaffung dieser Geschichte begann mit einem Spiel. Ein Spiel, geboren aus Langeweile.

Eine Partei gab Vorgaben vor.
Jeweils 3 Namen, 2 Gegenstände und 1 Ort nennen.

Die Aufgabe: schreibe daraus eine Geschichte.
Im Wechsel erschufen wir daraus die Geschichte rund um Paul und Marie. Alles, was sie hier lesen werden entstammt unseren Hirngespinsten und jedes Kapitel baut sich auf das jeweils davor stehende Kapitel auf. Natürlich dürfen Sie die Ereignisse, die in diesem Buch geschehen nicht für zu voll nehmen. Aber genug der langen Worte. Lehnen sie sich einfach zurück und genießen sie ein kleines Abenteuer aus der Sicht der zwei Hauptpersonen. Ein besonderer Dank gilt unseren Freunden und Familienmitgliedern, die uns Mut zugesprochen haben, dieses Projekt zu beenden.

Ausserdem möchten wir uns bei unserer Korrekturleserin, Ruth Burgmann bedanken, die es auf sich nahm die vielen Fehler der erst Auflage zu suchen und zu berarbeiten. Natürlich sind wir keine Profis und sie werden hin und wieder auf den einen oder anderen Fehler stossen, und wir Entschuldigen uns im vorraus und geloben Besserung.

DANKE.

Euer Mauricio & eure Natalie

# Jealousy, Past and Error

# Kapitel 1: Aufwachen

Sonntagmorgen. Der schrillende Alarm meines Radioweckers hallt durch meine kleine „zwei Zimmer Wohnung". Noch mit vom Schlafsand verklebten Augen versuche ich die Anzeige des Weckers zu fokussieren um herauszufinden, wie spät es ist.

7:00 Uhr ?! „Warum?" frage ich mich. Warum um alles in der Welt weckt mich dieser scheiß Wecker am Sonntagmorgen um 7:00 Uhr? Ich war doch gerade so schön am träumen gewesen...

... Ich war an einem weißen Sandstrand mit türkisfarbenen Meer und einer Strandhütte, die zur einen Seite einen Steg hatte, der direkt ins Meer führte. Es gab auch eine kleine Bar. Ein klischeehafter Barkeeper mixte Cocktails und ließ die Flaschen hinter seinem Rücken fliegen, wie bei einem Zirkusakrobaten.
Es erinnerte mich ein wenig an den Film „Cocktail" mit Tom Cruise.

Ich bestellte gerade einen Mai Thai, als ich eine weibliche Stimme hörte. Ich konnte nicht genau verstehen was sie sagte. Aber erkannt hatte ich die Stimme sofort. Es war Marie.

Marie Karlotte, eine alte Schulfreundin, mit der ich über Soziale Netzwerke noch ein wenig Kontakt hatte. Sie wollte mich demnächst mal besuchen. Damals nannten wir sie auf dem Pausenhof immer Marie Karotte, was sich jedoch schnell änderte als ihre Brüste anfingen zu wachsen. *Typisch Mann* würden jetzt viele Frauen sagen, aber was soll's.

Ich wollte gerade auf sie zu gehen, als sie mit entsetztem Blick in Richtung Meer deutete. Als ich hinsah, traute ich meinen Augen nicht. Denn es war...

"Beeeep Beeeeep Beeeep" Tja, und da ging der Wecker los.

„Verdammt! was war denn das?!" frage ich mich erneut, aber es hilft ja nichts. Irgendeinen Grund würde es schon dafür geben, dass ich mir den Wecker auf 7.00 Uhr gestellt hatte. Also: Aufstehen.

Wie immer stoße ich mir beim Hochschnellen den Kopf an meiner Lampe, die ich aus unersichtlichen Gründen viel zu tief über meinem Bett aufgehängt hatte. Dann die allmorgendliche Routine: Im „Halbschlaf- Zombie-Modus" erst mal die Kaffeemaschine einschalten, während diese aufheizt ins Bad schlurfen. Im Spiegel blickt mich ein unrasierter, 33 Jähriger Mann an. „Alt bist du geworden, Paul." denke ich mir. „Naja, erst mal

Wasser ins Gesicht." - Dann kurz meinen Vorsatz: „Mehr Sport zu treiben." gedanklich vorbeiziehen lassen...denn ich hatte ihn bisher noch nicht wirklich eingehalten, und das Bäuchlein wird langsam immer größer. „Naja, wenigstens bekomme ich langsam ein wenig Farbe." Während ich all das denke schlüpfe ich in eine bequeme Jeans und ziehe mir meinen alten Sweater drüber. Dann schmiere ich mir ein wenig Wachs in die dunkelbraunen Haare und versuche daraus eine Frisur zu modellieren.
Wieder in der Küche checke ich mein Smartphone, während ich mir den ersten Kaffee in den Kopf fülle.

Drei Nachrichten und fünf Anrufe in Abwesenheit werden mir angezeigt.

Die erste Nachricht ist von Mom. In meinem Hinterkopf höre ich ihre Stimme: „Melde dich doch mal wieder bei uns, wir leben noch!"

„Ja ja.." denke ich und schaue mir die zweite Nachricht an.

„Ihr Guthaben Blalala....." klick, Papierkorb.

Die dritte Nachricht macht mich stutzig. Es ist ein Bild von einem neon-pinken Plateau Pumps. Seit der Zeit mit meiner Ex weiß ich, dass dieser Schuh so heißt. Das komische an dem Bild ist, das an der Ferse irgendetwas Rotes hängt. Ich überlege, was das Bild mir sagen soll, komme aber auf keinen Nenner.

Dann schaue ich mir die Anrufe an. Alle sind von Marie. Ich rufe sie lieber gleich mal zurück, vielleicht ist sie erreichbar.

„Hallo, sie sind verbunden mit ..." klick. So ein Mist, sie geht nicht dran, vielleicht später.

Als es an der Tür poltert füttere ich gerade meinen blauen Ara, Oscar Blue.

„Aufmachen! Polizei!"
POLIZEI?!? Was wollen die nur von mir? Da ich mir sicher bin, dass ich nichts zu befürchten habe öffne ich die Tür.

„Sind Sie Paul Anka?" fragt mich ein Schrank von einem Polizisten. Sein Kollege, eher mager und viel kleiner als der Schrank, steht hinter ihm und hat eine Hand bereits auf den Halfter seiner Pistole gelegt.

„Ja. Und es spricht sich Enka."

Kaum habe ich dies ausgesprochen, springt der Schrank schon auf mich zu und drückt mich mit Gewalt an die Wand. Der Stoß ist so heftig, dass ich nur wie aus weiter Ferne höre, wie mir die üblichen

Rechte verlesen werden, die, die man aus diversen Krimiserien kennt. Anschließend spüre ich noch, wie sich die Handschellen um meine Handgelenke schmiegen. Dann verliere ich das Bewusstsein.

## Kapitel 2: Ankunft

„Marie, du musst hier weg!" sagte meine innere
Stimme. Ich bin gerade mal 32 Jahre alt, freie
Journalistin und habe das Leben noch vor mir. Also
hob ich an einem Samstag mit der ersten Maschine am
Morgen ab. Mein Ziel: Sonne, Strand, und Meer. Meine
Neon-pinken Pumps schnürten mir die Füße ab, weil
ich mal wieder zum Gate rennen musste, da ich -wie
immer- viel zu spät dran war. „Soll mir mal einer
nachmachen", dachte ich mit leichtem Stolz erfüllt.
„Diesen Weg in solchen Schuhen zu rennen, das kann
bestimmt nicht jeder."

Im Flugzeug steckte ich mir die Kopfhörer in die
Ohren, zog mir meine Schlafmaske für die Augen über
und schlief über den Wolken sofort ein.
12std später Landeanflug auf Neuseeland. Ich war am
Ziel. Draußen vor dem Flughafengebäude war die
Hölle los. Menschen die ankamen, Menschen die
abflogen usw. Ich dachte: „Nur weg hier!", setzte mich
in das nächste Taxi und ließ mich in mein Hotel
fahren.

Eine halbe Stunde später checkte ich im Hotel ein.
Welch Ausblick mein Zimmer mir bot. Das türkisblaue Meer, weißer Sandstrand, eine Tiki-Bar, und ein

Strandhaus, was sogar bewohnt schien, die offenen Fenster verrieten es mir. Doch zu sehen war Niemand. „So hab ich mir das vorgestellt." Ich ließ alles stehen und liegen, zog mir meinen schwarz-lilafarbenen Bikini an, schnappte mir ein Handtuch und machte mich mit meinen Pumps auf den Weg zum Strand.

Meinen Schlüssel wollte ich zur Aufbewahrung während meiner Abwesenheit an der Hotelrezeption abgeben, doch bevor ich dort ankam stoppte ich abrupt meinen schnellen Gang. „Das darf nicht wahr sein", dachte ich... da stand er. Mein Ex, Rabbit. Ein Mann wie ein Bär. Dunkle Haare, blaue Augen und diese tiefe, bassige Stimme. Was zum Teufel machte der denn hier? Ich bin doch nicht 12 Stunden geflogen um auf IHN zu treffen.
Er hatte mich noch nicht gesehen. Schnell huschte ich um die Ecke und verschwand aus dem Hotel. Meinen Schlüssel nahm ich einfach mit.

Der weiße Strand, das blaue Meer... und das alles nur wenige 100 Meter von meinem Hotel entfernt. Ich legte mein Handtuch aus und stürzte mich erst einmal in die Wellen, es war herrlich. Nach dem Baden legte ich mich auf mein Handtuch, um mich von der Sonne verwöhnen zu lassen. Langsam fielen mir die Augen zu.

„Ja Marie, wer hätte das gedacht...?" Ich schreckte auf,

meine Augen noch geblendet, erkannte ich Rabbit jedoch sofort. In seiner roten Badehose und seiner dunklen Sonnenbrille stand er vor mir. Sein Sarkasmus in der Stimme ließ mich nicht gerade kalt, im Gegenteil.

Ich erstarrte. Meine Stimme jedoch nicht. Und ich fragte Rabbit mit leicht zittriger Stimme, was ihn hierher verschlug. Doch noch während meines Satzes hörte ich Schreie. Er packte mich und rannte mit mir Richtung Meer. „RABBIT! RABBIT! WAS SOLL DAS!? LASS MICH LOS! WO WILLST DU HIN? RABBIT...." schrie ich aus vollem Leib, während ich versuchte mich von ihm loszureißen.
Plötzlich fielen zwei Schüsse und Rabbit fiel einfach um. Er fiel ins Wasser und das türkisblaue Meer färbte sich an dieser Stelle blutrot. Damit aber nicht genug. Der Unbekannte, der die Schüsse abgegeben hatte, verfolgte nun mich. Ich rannte über Umwege so schnell ich konnte zurück zum Hotel und konnte meinen Verfolger abhängen. Erschöpft kam ich in meinem Zimmer an.
„Verflucht, das darf doch alles nicht wahr sein." dachte ich, während ich mein Handy suchte und schließlich auch fand. Ich rief immer wieder die gleiche Nummer an.
Paul, mein alter Schulkamerad Paul.

Er war schließlich auch der Grund warum ich hier bin.

„PAUL VERDAMMT!" fluchte ich immer wieder, denn er ging einfach nicht an sein Handy. Nach mehreren Versuchen beschloss ich, mich durch eine Dusche auf andere Gedanken zu bringen.

## Kapitel 3: Angeklagt

„Wissen Sie warum Sie hier sind?" fragte mich der Staatsanwalt, der mir kühl und mit starrer Miene direkt gegenüber saß. Seine kleinen Schweinsäuglein waren hinter dicken Brillengläsern einer mit gold umrandeten Brille versteckt und schienen mir direkt in die Seele zu blicken. „Wissen Sie was Sie getan haben? - Hallo? Herr Anka?"
Er wusste was er tat und machte den Anschein, dass er bereits alle Antworten zu kennen schien.

Und so erwiederte ich nur: „Es spricht sich Enka, und nein ich habe keine Ahnung".

Er schlug eine Mappe auf, die direkt vor ihm auf dem Tisch lag. Darin enthalten waren diverse Schriftstücke, die ich von meiner Position aus nicht lesen konnte, da ich mit den Händen auf meinem Rücken an meinen Sitz gekettet war. Ein Hinweis darauf, dass die Situation ernst zu sein schien.

Außer den Schriftstücken sah ich noch ein mir bekanntes Bild. Es war dasselbe Bild, welches ich am Morgen auf meinem Smartphone gesehen hatte. Was hatte das zu bedeuten?

„Kennen sie eine gewisse Marie Karlotte?" fragte er

mich nun. Meine Augen verrieten mich sofort. Marie!?
Ist ihr was passiert? In meinem Kopf begann sich alles
zu drehen. War das ihr Schuh? Ehe ich mir ausmalen
konnte, was wohl passiert war, fuhr der Anwalt fort.

„Herr-" er räusperte sich kurz „Enka. Ihnen wird zur
Last gelegt am 21.August 201..."

Moment, dachte ich. Der 21.August?! Wie kann das?
Laut dem Katzenkalender der hinter dem Anwalt hing
haben wir doch November?
„Entschuldigung," unterbrach ich ihn „welches Datum
haben wir heute?"
Verdutzt und irritiert schaute der Anwalt von seiner
Mappe hoch. „Heute ist der 20. November."

Ich bin eigentlich noch nie gut in Mathe gewesen, aber
ich wusste sofort: drei Monate waren vergangen. Wie
konnte das sein? Drei Monate?
„HALLO HERR ANKA. Konzentrieren Sie sich. Sie sind
der Hauptverdächtige in einem Mordfall, ist Ihnen das
klar?"

„MORD? ICH?" Das kann nicht sein dachte ich mir, wie
ist das nur möglich? Und was ist passiert? Kann es
denn sein, dass ich drei Monate einfach geschlafen
habe? Aber die Nachrichten und die Anrufe...? Für
mich gab es nur eine Möglichkeit um heraus zu finden
was passiert war.  Und dafür brauchte ich mein

Smartphone. Ich musste checken ob wirklich drei Monate vergangen waren seit den Anrufen. Aber wie?

„SOFORT AUFHÖREN ! Hören sie sofort auf meinen Mandanten ohne mich zu befragen!" Ich hatte gar nicht bemerkt wie eine weitere Person in den Raum gekommen war.

„Segniore, sagen Sie bitte nichts mehr. Ich bin ihr Anwalt, Roberto Penia Tequilla del Castelle."

Roberto sah aus wie ein Callboy, der seine besten Jahre schon hinter sich hatte. Die Haare nach hinten geschleimt trug er ein beigefarbenes Sakko. Allein für das Hemd, welches er darunter trug, gehörte er eigentlich eingesperrt: unter dem Sacko schaute ein rotes Hawaiihemd heraus, die drei obersten Knöpfe standen offen und auf der sonnengebräunten Brust war seine Brustbehaarung zu sehen. An den Füßen trug er weiße Sneakers.

„Bitte verlassen sie umgehend diesen Raum, ich möchte mich mit meinem Mandanten zuerst einmal besprechen." sprach Roberto dem Staatsanwalt mit spanisch klingenden Akzent an. Dieser stand auf und verließ den Raum, nicht ohne es sich vorher nehmen zu lassen noch ein arrogantes „Viel wird es nicht bringen." auszusprechen.

Das alles konnte doch nicht wahr sein, es war einfach zu klischeehaft, fast wie in einer schlechten Daily Soap.

„Mach dir keine Sorgen Paul, ich hol dich hier raus." flüsterte Roberto mir zu. „Spiel einfach mit, ich bin ein Freund, wir werden beobachtet."

Dass wir beobachtet wurden hatte ich mir bereits gedacht, da -wie in jedem Krimi- auch in diesem Verhörraum eine große Spiegelwand hing.

„Ich glaube, sie sind inzwischen aufgeklärt worum es geht, Segniore?" Ich nickte.
„Ich bin ihr Verteidiger und ich werde sie herausholen, verlassen sie sich darauf. Brauchen sie noch etwas?"

„Mein Handy!" entfuhr es mir. „Damit könnte ich vielleicht beweisen, dass ich nichts damit zu tun habe. Und finde Marie Karlotte, sie wollte mich besuchen und hatte zuletzt versucht mich zu erreichen."

„Okay das wird schwierig aber ich schaue, was ich für sie tun kann"

## Kapitel 4: Olivia

Ich musste erfahren wo Paul wohnte. Paul war nicht nur ein alter Schulkamerad, nein, Paul und ich hatten auch mal eine gemeinsame Nacht verbracht. Pauls heiße Küsse, seine Hände an meinem Körper, sein verschwitztes Haar, sein Körper der sich immer wieder an mich drückte ...

Es war lange her, aber aus welchen Gründen auch immer blieb mir diese Nacht in guter Erinnerung. Ganz klar muss man hier auch dem Alkohol die Schuld geben, was aber an der Tatsache, dass ich es schön fand, nichts änderte. Mir schossen immer wieder die Bilder dieser Nacht in meinen Kopf, während ich immer noch an die Decke starrte.

Ich beschloss nach Paul zu suchen, und begann im Internet zu recherchieren. Es stellte sich heraus, dass es in der Gegend eine Anstalt gab deren Sponsor einen mir wohl bekannten Namen trug: "Van der Lohe", der Vater von Olivia.

Olivia ...hmm..
Olivia und ich kannten uns aus dem Studium. Wir waren schon damals ein „Dreamteam" und unberechenbar. Es war nicht immer ganz legal gewesen, wie wir uns durch das Studium getrickst

hatten, aber das war uns damals vollkommen egal gewesen. Wir waren bekannt für unseren Ruf und es störte uns kein bisschen.

Olivia hatte blaue Augen, eine blasse, reine Haut und etwas braun-rötliches Haar. Eine wunderschöne Erscheinung die es aber faustdick hinter den Ohren hatte. Sie kam aus einem reichen Elternhaus, doch die Gesellschaft in der ihre Eltern verkehrten ging ihr gehörig am Arsch vorbei. Sie ist schon immer prinzipiell „erstmal gegen Alles."gewesen

Kurzerhand kontaktierte ich Olivia, die es sich natürlich nicht nehmen ließ in den nächsten Flieger zu steigen um mich bei meinen Recherchen zu unterstützen. Zwei Tage später war Olivia da. Endlich hatte ich Zeit ihr alles zu erzählen und plante mit ihr meine weiteren Schritte. Wir mieteten einen Bungalow und nahmen uns einen Leihwagen. Unser erstes Ziel waren die zuständigen Behörden. Diese stellten sich allerdings quer.

Um auf andere Gedanken zu kommen schlug Olivia vor, erst einmal shoppen zu gehen. Ich war dabei. Und so kleidete sie uns neu ein. Wenn es um Geld ging, hatte sie noch nie Sorgen. „Daddys Kreditkarte glühte immer". Und an diesem Tag glühte sie was das Zeug hielt. In diversen Läden musste Olivia sich in den Mittelpunkt stellen. Sie setzte sich ziemlich gekonnt in Szene, worüber ich nur mit den Augen rollte und mich wegdrehte - *Rums* „Hey passen sie doch auf..." Eine alte Dame passierte plötzlich meinen Weg und rempelte mich aus meinen Gedanken in die Realität zurück. - „Ich muss Paul finden.." war jetzt nur noch mein einziger Gedanke.

Wochen und Monate verstrichen, und von Paul keine Spur. Während wir Pläne schmiedeten, versuchte ich immer wieder ihn telefonisch zu erreichen, doch ohne Erfolg. - Bis mir eines Tages in einem Bistro die Schlagzeile einer Zeitung ins Auge sprang: „Strand-Mörder gefasst!" - darunter ein Bild von Paul.

## Kapitel 5: Graue Decke

„So ist das also, in einer Zelle zu sitzen.

Hab es mir irgendwie immer anders vorgestellt. Ich liege auf einer Pritsche und schaue an die Decke. Durch das kleine vergitterte Fenster sehe ich dass es Nacht ist und die Sterne schon am Himmel funkeln. Da ich -um mir die Zeit zu vertreiben- den halben Tag gepennt hatte, konnte ich jetzt nicht mehr schlafen. Also starre ich weiter an die graue Decke. Die Decke ist grau, einfach nur grau. Keine Risse, keine Löcher, keine Struktur. Nichts als eine graue flache Fläche. Was ist nur passiert? Wie geht es wohl meinen Eltern? Und wer füttert jetzt Oscar?"

Oscar, mir huschte ein leichtes Lächeln über das Gesicht als ich an diesen Vogel denken musste.

Ich versank in Gedanken und fast hätte ich schwören können, ihn krächzen zu hören „Aaahr ARSCHKEKS?! Aaargh ARSCHKEKS."

Das sagte er immer, wenn ich heim kam und er einen Keks wollte. Ich hatte ihm das Wort beigebracht als er noch ein Jungvogel war. Leider war es das einzige Wort, was er je gelernt hatte. „AAArgh ARSCHKEKS" Es hallte in meinem Ohr. „AAAaaarschKeks !"

Ich traute meine Augen nicht, als ich erst nach einem *Glong Glong* Richtung Zellenfenster sah. Da saß Oscar und schlug mit seinem schwarzen, gekrümmten Schnabel gegen die Gitter.

„Wo kommst du denn her?" - doch sobald ich auf ihn zuging, flog er weg und ließ mich verdutzt zurück. Aber nicht nur mich ließ er zurück, sondern auch mein Smartphone. Sofort checkte ich die Anrufliste. Tatsächlich, es waren drei Monate vergangen, aber warum konnte ich mich nicht daran erinnern was in den letzten Monaten passiert war?

*Bzzzz – Bzzzz* eine Nachricht ! „Geh weg vom Fenster." Während ich mich noch fragte was das sollte, blendete mich bereits ein gleißendes Licht. Ich hielt schützend meine Hand vor meine Augen.

Auf dem Display meines Smartphone's tauchten plötzlich merkwürdige, doch mir vertraute Zeichen auf. Mit einem Piepen wechselten die Zeichen durch.

Was hatte das zu bedeuten? Und woher kannte ich diese Zeichen?
Da fiel es mir ein: „Ach du scheiße!" es war ein Countdown. Derselbe Countdown, wie aus dem Film „Predator", als sich das Alien im Endkampf gegen Arnold in die Luft sprengt. Ich warf mich sofort zu Boden und versuchte schnellstmöglich unter meiner

Britische zu rollen. *Beep - Beep - Beep* der Rhythmus des Countdowns wurde immer schneller *Beep-Beep-Beep- Beeeeeeeeeeeeep!*

In Erwartung einer Explosion ging ich in die Fötusstellung und hielt beide Hände mir an den Kopf.

Doch nichts passierte. Das gleißende Licht erlosch und Dunkelheit kehrte in meine Zelle zurück. Nur das Licht der Sterne blieb zurück - und ich. Ich, wie ich zitternd und kauernd unter der Pritsche lag, mit meinem... Handy? Vor Entsetzen schleuderte ich das, was ich eben mit meiner Hand noch fest umklammert hatte, an die Wand.
Das, was ich noch vor wenigen Minuten für mein Smartphone gehalten hatte, verwandelte sich in eine struppige fette Ratte.

„Werde ich nun langsam verrückt? Was passiert nur mit mir?" Tränen der Verzweiflung liefen mir die Wangen entlang und ich kauerte mich noch mehr unter der Pritsche zusammen.

Nach einem Tritt in den Rücken kam ich wieder zu mir. Scheinbar war ich wieder eingeschlafen, das hatte ich vor lauter Erschöpfung nicht bemerkt. Inzwischen war es bereits heller Tag und ein farbiger Beamter, mit einem Knüppel bewaffnet, trat nach mir, und befahl mir herauszukommen.

Ich tat wie mir befohlen, robbte vor, stand auf und klopfte kurz den Staub von mir ab.

„Umdrehen! Hände auf den Rücken!" ich befolgte das Kommando. „Mitkommen!" Ich setzte mich in Bewegen und wagte nicht zu fragen wohin wir gingen, denn wie es mir schien wartete mein Befehlshaber nur darauf, dass ich eine falsche Bewegung machte, damit er mir mit dem Knüppel so richtig eins verpassen konnte. Schweigend führte er mich in einen Raum mit einem kleinen Tisch, einem Stuhl, und einer Videokamera. Ich wurde an den Stuhl gekettet und der Beamte, wenn man ihn denn so nennen konnte, verließ den Raum.

Minuten vergingen, als die Tür sich öffnete und Roberto hereinkam. Grinsend legte er mir eine Mappe mit einem Schriftstück und einer mir bekannten Unterschrift vor mir ab.

Sie lebte.

## Kapitel 6: Das Treffen

Ich stand vor meinem Bungalow.
„Miss Karlotte, entschuldigen Sie bitte... " ich drehte mich um. Joey kam aus dem Hotel auf mich zu gerannt. „Ich habe hier eine Nachricht für Sie." er drückte mir einen Zettel in die Hand und ich bedankte mich mit einem Augenzwinkern.

>Morgen, 16 Uhr Tiki bar.< Ich las die Worte. Der Absender war ein Roberto Penia Tequilla del Castelle. Wer zum Geier sollte dieser Roberto sein? Ich runzelte die Stirn.
Doch schon bald sollte ich es erfahren.
Ich beschloss, Olivia erstmal nichts davon zu erzählen und ging allein zu dem Treffen.

An der Bar angekommen schaute ich mich zögernd um. Die Bar selbst bestand nur aus einem halbrunden Tresen, an dem sieben Barhocker standen. Sie war überdacht von Palmenblättern. Ganz links am Tresen saß ein typischer Gaucho. Gott sei Dank gab es auch vier kleinere Stehtische. Weil ich keine Lust hatte mich von diesem Schleimbolzen anmachen zu lassen, stellte ich mich an einen solchen Tisch und hoffte inständig, dass Roberto noch kommen würde. Doch als der Gigolo mich bemerkte, kam er auf mich zu. Ich versuchte ihn gekonnt zu ignorieren.

„Ich nehme einen Tequila, und Sie, Miss Karlotte?" Ich musterte ihn von oben bis unten, dabei überkam mich ein mulmiges Gefühl. Was stimmte mit diesem Menschen nicht?
„Ein Wasser bitte." beantwortete ich seine Frage.

Ich nippte erst an meinem Wasser, doch dann nahm ich einen großen Schluck. Ich fragte mich, was dieser Typ mit mir zu besprechen hatte. „Ich weiß, SIE suchen Paul. Und ICH weiß wo er sich im Moment aufhält." flüsterte diese schleimige Schmalzlocke. Ich verschluckte mich und spuckte das Wasser direkt in sein Gesicht. „Tut mir leid, aber was wollen Sie von mir?" er wischte sich das Wasser aus dem Gesicht und sein Gesicht kam näher und näher. Dann flüsterte er wieder „Wenn sie mitkommen, erfahren sie wo Paul ist."

Ich schaute ihn an und überlegte kurz. Mir gingen tausend Gedanken durch den Kopf. Schließlich ließ ich mich aber auf den Deal ein und zog mit dem Anwalt los.

Roberto rannte voraus, ich kam nur kläglich hinterher. Sein Ziel war mir völlig unbekannt. Irgendwann hielt Roberto an. Es war eine düstere Gegend, eine alte Kaschemme mit einem Tisch und 2 Stühlen. Es roch auch nicht gerade angenehm.

Mit einem Ekelgefühl setzte ich mich auf einen der Stühle. An der Decke brannte eine kleine Birne, viel war nicht zu erkennen.

„Wo sind deine neon-pinken Pumps?" fragte Roberto mich. Ich legte den Kopf schief und überlegte, was er mit meinen Schuhen wollte. - Und dann fragte ich mich selbst, wo die Schuhe eigentlich waren...Doch da fiel es mir wieder ein. Die Schuhe musste ich am Strand zurückgelassen haben. Damals, nach dem Mord an Rabbit und der anschließenden Verfolgungsjagd. Nun erzählte ich Roberto alles.

„Wir sitzen ganz schön in der Scheiße. Jemand versucht Paul den Mord unterzujubeln und droht ihm damit, dir etwas anzutun, wenn Paul nicht gestehe. Jemand hat deine Schuhe fotografiert und sie als Nachricht an Paul gesendet. An einem der Schuhe hing ein Fetzen Blut."
Ich war geschockt und schluckte. „Wo ist Paul? Geht es ihm gut? Was ist mit ihm?" Fragen über Fragen die Roberto mir zum Glück alle beantworten konnte. Mir wurde kalt und warm und ich fing leise an zu weinen.

Roberto stellte mir ein Glas Jacky hin. Ich trank es sofort aus.

„Kann ich zu ihm?" flehte ich Roberto an, doch

Roberto hielt es für besser, wenn wir erst einmal nicht zusammen gesehen würden. Ich war traurig und voller Angst und fragte mich, was noch alles geschehen würden..

„Unterschreibe das..." Roberto hielt mir plötzlich eine Mappe hin. Ich öffnete die Mappe und sah ein Dokument, welches bestätigen sollte, dass ich am Leben war, ich mich jedoch bereits außerhalb des Landes aufhielt.

Ich weigerte mich, dieses Dokument zu unterschreiben.

„Du musst das tun, für dich und.... " -

„ ... für Paul. Ich verstehe schon, aber...." –

„Nichts aber, unterschreib das! Die Leute die hinter dir her sind müssen denken, dass du außerhalb des Landes bist! Dann werden sie vielleicht erstmal von der Suche nach dir ablassen, was uns einen Zeitgewinn verschaffen könnte. Um Paul kümmere ich mich!".

Ich schaute Roberto an und in meinem Kopf formte sich der Gedanke, dass ich ihm eine Nachricht zukommen lassen wollte. Obwohl ich es bittend formulierte verweigerte Roberto weiterhin jeglichen Kontakt.

Dennoch unterschrieb ich schließlich das Dokument.

Im Verlauf der nächsten Tage verschaffte der schmalzige Anwalt mir eine andere Identität samt einer Wohnung, in der ich vorerst bleiben sollte. „Du darfst mit Niemanden reden! Und lass dich bei Tag nicht sehen. Wenn es sein muss, geh nur in der Nacht aus dem Haus!" Roberto war sehr bestimmend. Ich sollte auf ihn warten, bis zu seinem nächsten Besuch.

Da saß ich nun, verlassen in dieser 1 Zimmer Bude. Wenigstens war sie möbliert. Ich fing an zu weinen. So hatte ich mir das alles nicht vorgestellt..„Ach Paul.... " seufzte ich immer wieder....

## Kapitel 7: Aufklärung

Sie lebte! Ein Stein fiel mir vom Herzen als ich ihre Unterschrift erkannte. „Heißt das, ich bin frei?" fragte ich Roberto. „Frei? Tut mir leid, wie kommst du darauf?"
„Das ist doch die Unterschrift von Marie." entgegnete ich ihm. „Ich bin doch angeklagt sie ermordet zu haben."

Verdutzt schaute mich Roberto an
„No Segniore." er schüttelte den Kopf. „Du bist des Mordes angeklagt, aber nicht an ihr."
„WAS?! Aber der Staatsanwalt hat gesagt.." Wut stieß aus mir heraus, aus einem aufbrausenden Impuls schlug ich mit beiden Fäusten auf den Tisch. Die Reaktion auf diese Handlung folgte prompt. Denn sofort standen zwei Beamten im Raum, mit Knüppeln bewaffnet. Roberto konnte die Männer beruhigen und schickte sie wieder hinaus. Es erschien mir, dass dieser schleimige, stereotypische Mann doch mehr von seinem Handwerk verstand als es zunächst den Anschein gemacht hatte.

„Hast du damals nicht zugehört? Du bist des Mordes angeklagt, ja, aber nicht an Marie. Sondern an einem Mann namens Rabbit. Du sollst ihn am 21.August um die Mittagszeit am Strand von La Digue erschossen haben. Augenzeugen sahen eine Dame bei ihm. Du sollst ihr angeblich noch hinterher gerannt sein.

Ich konnte es nicht fassen. „Wie kann das sein? Ich erinnere mich nicht. An nichts von all dem, was du mir gerade erzählt hast. Um ehrlich zu sein erinnere ich mich nicht mal mehr an die letzten drei Monate. - Und jemanden erschießen? ICH? Ich kenne Waffen nur aus Filmen und Videospielen. Ich wüsste nicht einmal wie man eine Waffe entsichert."

„Ach ja? Und wer ist dann das?" er blätterte kurz in der Mappe und holte daraufhin mehrere Bilder und Vergrößerungen heraus.

Auf den Bildern sah man eine Person mit gezogener Pistole. Er stand da, wie eine Marionette aus der Augsburger Puppenkiste, leicht in sich zusammen gesackt mit Fäden an Händen und Körper.

Die Vergrößerung der Person ließ einen Blick auf das Gesicht zu. Mit aufgerissenen Augen und mit einem breiten, psychopathischen, fast schmerzverzerrten Grinsen, welches selbst den „Joker" von „Batman" hätte verblassen lassen, erkannte ich das Gesicht doch sofort. - Es war mein eigenes. Meine Mimik versteinerte. Ein Schauer lief mir über den Rücken und es fühlte sich an, als würde sich jedes einzelne Haar an meinem Körper abheben.

„Wie ... Wie ist das möglich?" wieder kam ich dem Wahnsinn ein Stück näher.

Auf den anderen Bildern sah man Rabbit mit zwei blutüberströmten Einschusslöchern. Eins am Rücken und eines am Hinterkopf. Das Bild von seinem Gesicht, wenn man das was noch davon übrig war so nennen konnte, wollte ich mir gar nicht erst so genau anschauen.

Stattdessen bemerkte mein Blick ein weiteres Bild. Das Bild mit dem neon-pinken Pump.

„Und wie passt Marie da rein? Was macht sie überhaupt hier?" Roberto zückte ein Päckchen Zigaretten, steckte sich eine in den Mund, und bot mir nickend eine an.

Ich nahm sie dankbar an.

Nachdem er sie angesteckt und mir in den Mund geschoben hatte, fing er an mir zu berichten. „Erinnerst du dich nicht mehr? Du hast sie zu dir eingeladen." Ein Schmunzeln fuhr über sein Gesicht. „Aber du wolltest es scheinbar nicht, warum hättest du sonst auf sie geschossen?"

„ICH HAB DOCH GESAGT..." erneut brach es aus mir heraus.

„Woooooow, komm runter," unterbrach mich Roberto, „ich bin auf deiner Seite. Keine Sorge, ich habe sie gefunden und dafür gesorgt dass sie erstmal in Sicherheit ist."

„Und wie geht's jetzt weiter?" frage ich.
„Naja, bisher haben sie die Waffe nicht gefunden, das verschafft uns ein wenig Zeit, aber wir sind nicht in Amerika. Du wirst weiter in Untersuchungshaft bleiben." antwortete er.

Eine Träne rollte mir die Wange herunter. Eine Träne der Erleichterung, einerseits. Andererseits war es aber auch eine Träne der Verzweiflung. Verzweiflung über den Gedanken an die graue Decke. „Du musst dich zusammenreißen Paul!" sagte ich mir.

„Und nun?" ich schaute Roberto fragend an.
„Keine Sorge, ich habe da eine Idee." grinste mir Roberto entgegen und deutet mit dem Daumen hinter sich, wo eine Kamera stand.

## Kapitel 8: Gedanken an zu Hause

Meine Nerven waren nur noch sehr dünn. Bei jedem Geräusch in diesem Haus schreckte ich auf. Und jedes Mal der Gedanke: Kommt Roberto etwa zurück? Und wenn ja, was hatte er mir wohl zu sagen?
Doch jedes Mal waren es entweder die Nachbarn oder deren Katze, die geräuschvoll durch das Haus wuselte.

Was machte ich eigentlich hier?! Ich wollte doch nur eine schöne Zeit mit Paul verbringen, warf ich mir immer wieder vor. Und mit jedem weiteren Gedanken zog es mich zurück nach Hause, zurück in vergangene Zeiten...


...Ich wuchs in einfachen Verhältnissen auf. Ich hatte zwei Geschwister, eine ältere Schwester und einen jüngeren Bruder. Meine Eltern waren einfache Arbeiter, wir gehörten also zum Mittelstand. Das Verhältnis in der Familie war aus heutiger Sicht gut. Zuhause nannte man mich Lotte. Unseren Nachnamen Karlotte konnte ich als kleines Kind schwer aussprechen, was zu meinem Spitzname Lotte führte. Ungewöhnlich, denn normal leitet man doch den Spitznamen von seinem Vornamen und nicht vom Nachnamen ab.
Mit meiner Schwester teilte ich mir ein Zimmer. Es

war ein typisches Mädchenzimmer. Als wir Teenager wurden, brachte uns Papa sogar einen Schminktisch mit nach Hause. Was haben wir uns gefreut.
Ich musste an mein Schwesterchen Millie denken, sie fehlte mir. Wo sie jetzt wohl war?! Bestimmt in einem der modernen Kosmetik-Studios und lässt sich dort die Nägel oder das Make-up machen.

Mein Bruder war eher ein Einzelgänger, manchmal erinnerte er mich an Paul. Dieses „sich zurückziehen", am Computer spielen, das war so seine Eigenart. Als er seinen Abschluss machte änderte sich das schlagartig. Er wollte nach der Schule die Welt bereisen. Unsere Eltern hatten nichts dagegen, die Kohle dafür musste er sich allerdings selbst erarbeiten. Riley kellnerte immer wieder oder half im Supermarkt Regale aufzufüllen, bis er sein Startkapital beisammen hatte. Sein erstes Ziel: Kuba. Seit dem ist er nicht mehr aufzuhalten. Kommt nur an Weihnachten nach Hause, und sendet sonst Postkarten aus aller Welt.
Ich merkte, wie sehr ich mir jetzt wünschte zu Hause zu sein. Mutti und Vati, Millie, und Riley... nicht immer war Friede Freude Eierkuchen, aber jetzt wäre ich gerne bei ihnen.

Plötzlich drehte sich ein Schlüssel im Schloss. Das durfte doch nicht wahr sein. Anstandslos ohne gleichen. Roberto hatte also einen zweiten Schlüssel zu dieser Wohnung und war sich auch nicht zu schade ihn zu benutzen ohne sich vorher anzukündigen. Da stand Roberto nun vor mir, in voller Montur, mit qualmender Fluppe in seinem Mund. In meinem Kopf rotierte es und meine Hände waren schweißnass. Immer wieder presste ich sie aufgeregt aneinander und frage mich, was er mir wohl gleich berichten würde....

„Mach dich fertig, unten wartet ein Auto auf dich!" Ich traute meinen Ohren nicht. „Kennst du jetzt den Mann der Rabbit erschossen hat?" Eiskalt starrte mich Roberto an. Dann fuchtelte er mit einem Bild unter meine Nase herum. Meine Augen erkannten - Paul! „WAS PAUL?! .... ABER... " mein Blick war starr auf das Bild gerichtet.
Ich lief im Zimmer auf und ab und konnte gar nicht fassen was meine Augen da sahen. Immer wieder presste ich meine Hände auf die Lippen. Roberto sah nicht lange zu. Er packte mich am Arm und zog mich an sich heran. Sein Griff war so hart, dass es mir Schmerzen bereitete. Roberto sprach in einem bestimmenden Ton mit mir: „Du bewegst jetzt sofort deinen Arsch hier raus, ansonsten zerre ich dich an deinen Haaren aus dem Haus. Und glaub mir, dieses Vergnügen wird dir keinen Spaß bereiten."

„Welch ein Sarkasmus - und wie eiskalt diese Schmalzlocke doch ist." dachte ich. In welchem Dilemma steckte ich hier?
Meine Sachen waren schnell zusammen gepackt, viel war es ja nicht mehr was ich hatte. Ich lief die Treppe hinunter, gefolgt vom Anwalt.

Aus dem Haus herauskommend sah ich einen schwarzen Van. Es war alles dunkel, die Scheiben waren schwarz getönt. Er öffnete mir die Tür und ich setzte mich nach hinten, Roberto schob sich neben mich auf den Sitz, dann fuhr der Wagen los. Ich stierte nach dem Fahrer, in der Hoffnung es sei ein bekanntes Gesicht, doch die getönte Trennscheibe verhinderte jeden weiteren Blick auf den Fahrer.

Ich senkte den Kopf, schwieg und ergab mich meinem Schicksal. Es war mir langsam egal, wohin ich käme und mit wem an meiner Seite ich hier umher fuhr. Nur ein Gedanke lies mich hoffen: „Paul!"
„Und wo bringst du mich jetzt hin? Und wann darf ich Paul endlich sehen?" giftete ich der Schmalzlocke entgegen. Roberto's Antwort klang arrogant: „Alles zu seiner Zeit....."

## Kapitel 9: Plan A

Robertos Plan bestand darin, dass ich mich für
unzurechnungsfähig erklären lassen sollte. Den
Durchgeknallten sollte ich spielen und er würde alles
auf Band aufzeichnen um damit eine Verlegung in
eine Klinik zu erwirken.

Wenn der wüsste was erst letztens in meiner Zelle
passiert ist, dachte ich mir. Verrückt spielen? Ich bin
ja tatsächlich schon fast dem Wahnsinn verfallen.

Ich stimmte dem Plan zu, denn irgendetwas musste
ich endlich tun. Roberto schmiss die Kamera an und
fing an mir Fragen zu stellen.

„Bitte nennen sie mir ihren Namen."

Mit einem debilen Gesichtsausdruck und kreisenden
Augen, die wirkten als würde ich versuchen eine
Fliege zu fixieren, stotterte ich meine Namen.

Diverse Fragen folgten, die ich mal mit einem lauten
Lachen, mal verzögert, und mal mit einwenig
Speichelfluss untermalt beantwortete. Aber der
Höhepunkt meiner Darstellung war wohl, als ich mich
entschied, mich einfach mal während des Gesprächs
einzukacken. Mit einem abwesenden Blick nach oben

und offenem Mund ließ ich einfach mal alles los. Das war selbst für Roberto zu viel. Er ließ die Wachen rufen, schaltete die Kamera aus, und flüsterte mir zu „muy bien Hermano". Nicht mal die Wärter wollten mich danach noch wirklich anfassen, was mich insgeheim köstlich amüsierte.

Angewidert zerrten sie mich aus dem Zimmer und warfen mich in den Duschraum. Sie spritzten mich mit einem Gartenschlauch ab, aber die Mühe mich zu entkleiden machten sie sich gar nicht erst. Sie warfen mir ein Stück Seife zu. Das Wasser hatte gefühlte Minustemperaturen.

Nach der Abspritzbehandlung brachten sie mich zurück in meine kleine graue Zelle. Durchgefroren und nass kauerte ich mich in einer Ecke zusammen und begann in Gedanken in die Vergangenheit zu reisen.

Ich erinnerte mich an die Schulzeit, als ich und meine zwei besten Freunde auf dem Schulhof über Marie Karotte herzogen. Sie hatte damals meist zwei geflochtene Zöpfe, eine Brille und die Zahnspange machte das Desaster erst richtig komplett.

„Kuck mal, ne Karotte!" hatte Mike oft mit einem hämischen Lachen gerufen.

„Ja aber mit den Zöpfen sieht sie gleichzeitig aus wie ein Hase!" hatte David erwiedert.
„Aber ein hässlicher, verstrahlter Hase!" hatte ich gesagt.

Das war nicht nett von uns, aber so sind Kinder nun mal. Wenn ich heute daran zurückdenke, dann fällt mir ein, dass sie alles gehört hatte und mit gläsernen Augen davon gerannt war.
„Ja, hoppele ruhig davon Du Karotten-Hase-Mutant!" Heute würde ich mein damaliges ICH dafür ohrfeigen, aber man wollte ja cool sein, besonders vor Mike und David.

Ach ja, Mike. Ihn vermisste ich am meisten. Ich glaub, wir waren in der Achten als er seine Diagnose bekam. Er wurde positiv getestet auf COPD. Er erklärte mir, dass das eine Krankheit sei, an der er langsam erstickte, da seine Atemwege sich immer mehr verengten.

An seinem 18. Geburtstag stieg er von Depressionen zerfressen in einen Bus. Wohin er fuhr habe ich nie erfahren, ich kam zu spät um mich von ihm zu verabschieden.

David hingegen war der Draufgänger von uns. Natürlich musste er Fußball in einem Verein spielen. Seine Eltern lebten in Scheidung. Die Liebe ihres

Kindes erkauften sie sich lieber, und da sie dabei versuchten sich zu übertreffen, mangelte es ihm nie an dem neuesten Nibbes und Klamotten.

Das war auch vielleicht der Grund, warum er irgendwann anfing mit Drogen zu experimentieren, bis er schlussendlich sich mit den falschen Dealern abgab. Mit 27 fand man ihn in einem heruntergekommenen Hotelzimmer mit einem Strick, der sich vom Deckenventilator zu seinem Hals legte. Zusätzlich lag im Bett eine tote Nutte mit einer Kugel im Kopf.

Und ich? Ja, ich war das Mauerblümchen aus gut behütetem Elternhaus. Mittelstandsfamilie, mit einem größeren Bruder und einer kleinen Schwester. Meistens saß ich vor dem Rechner oder las Comics, wenn mich mein Vater nicht nach draußen schickte, um "Freunde" zu finden, wie er es nannte. Dabei hatte ich doch Mike und David... naja, bevor der ganze Scheiß mit der Pubertät, Mädchen und so weiter anfing.

Ich glaube, das erste Mal, dass wir uns fetzten, das war wegen Marie. Ich weiß nicht mehr wann genau, aber eines Tages kam sie mir einfach anders vor. Sie trug keine Spange mehr, die Zöpfe wichen offenen Haaren und selbst die Brille störte mich nicht mehr.

Das einzige, was mich allerdings richtig störte war, dass sie nur Augen für David hatte. Marie war David wiederum eigentlich scheißegal. Einmal prahlte er sogar vor uns damit, dass er sich mit ihr verabredet und sie eine Stunde hatte warten lassen.
Äußerlich lachte ich damals mit, aber innerlich dachte ich mir nur: „Du Schwein, wie kannst du nur!" – Dabei war ich es doch, der sie früher am schlimmsten beleidigt hatte. Vielleicht, damit ich mich besser fühlte? Schließlich sah ich aus wie eine Mischung aus Steve Urkel und Harry Potter. Mit einem sportlichen großen Bruder und einer kleinen Prinzessin bekam ich selbst zu Hause kaum Aufmerksamkeit.

Was ich damals auch nicht bemerkt hatte war, dass Mike sich ebenfalls in Marie zu verlieben begann. Aber anders als ich dachte er sich nicht seinen Teil. Als David eines Tages damit angab, dass sie ihm einen geblasen hätte während er Fußball geschaut hatte, ging es ihm zu weit und er ballerte David mit der geballten Faust mitten in die Fresse. Das Resultat war eine Prügelei. Als ich versuchte dazwischen zu gehen, erwischte mich ein Ellbogen und ich ging zu Boden.

Als ich wieder zu mir kam, hatte David eine gebrochene Nase, Mike ein blaues Auge und ich einen ausgeschlagenen Zahn - inklusiver dicker Lippe. Als Friedensangebot schenkte mir David Oscar, der noch ein Jungvogel war.

Das Schwelgen in der Vergangenheit wurde plötzlich unsanft unterbrochen als ich wieder ein "Dong Dong" vom Fenster hörte.

# Kapitel 10: Abgeschoben

„Wach auf wir sind da." eine mürrische Stimme weckte mich. Nach kurzer Orientierung war mir klar, dass ich immer noch in diesem Van saß, mit Roberto. Ich sah aus dem Fenster. Wir standen vor dem Flughafengebäude. „Was soll das denn?" fragte ich mich?! Ich stieg aus, Roberto drückte mir ein Ticket in die Hand, auf dem stand „Oneway London Heathrow."

Das durfte nicht wahr sein. „Warum soll ich jetzt nach England fliegen und Paul hier im Ungewissen zurücklassen?" pampte ich die Schmalzlocke an.

In mir bäumte sich etwas auf. Meine Wut kochte und ich kannte nur noch einen Gedanken: Lauf weg! Und noch bevor Roberto etwas sagen konnte rannte ich los. „HALT AN!" schrie Roberto mir hinterher und versuchte mir zu folgen. Immer wieder rief er nach mir, doch ich rannte was das Zeug hielt. Meine Wut ließ mich so schnell laufen wie ich noch nie zuvor gerannt war. Roberto war zwar außer Sichtweite, doch wusste ich auch, lange konnte ich mich nicht vor ihm verstecken.

Es dämmerte bereits als ich durch das Stadtzentrum lief. Am Bahnhof angekommen suchte ich mir eine ruhige Ecke. Das einzige was mir geblieben war, war meine Handtasche samt Inhalt. Und, Gott sei Dank, auch mein Smartphone war noch da. Ich zückte es schnell heraus und wählte eine Nummer. Eine weibliche Stimme ertönte: „Ja?"

„Olivia? Ich bin es, Marie!" –
„Marie!? Wo warst du? Hast du mal auf die Uhr geschaut?" Klar, es war jetzt mitten in der Nacht.

„Olivia, ich brauch deine Hilfe. Hörst du? Du musst mir jetzt genau zuhören."

In Kurzfassung erzählte ich ihr, was geschehen war und sie hörte sich alles ganz genau an.

Ich bat also erneut Olivia um ihre Hilfe und um Kontakte für mein weiteres Vorgehen. Sie fackelte nicht lange: „Ich gebe dir die Adresse von einem Bekannten. Dort fährst du hin, er wird dich bei sich aufnehmen. Ich sage ihm bescheid dass du kommst. In zwei Tagen bin ich bei dir. Halte dich bis dahin versteckt!"

## Kapitel 11: Vorhersehung

*DONG Dong DONG!*, immer wieder *DONG Dong DONG!*

ich hörte das *DONG Dong DONG*,

traute mich aber nicht hinzusehen *DONG Dong DONG!*

Es hallte in meinem Schädel *DONG Dong DONG!*

Nein ich werde nicht hinsehen *DONG Dong DONG!*

Nicht nochmal *DONG Dong DONG!*... wäre ich nicht nass von der unfreiwilligen Dusche gewesen, wäre ich es jetzt vor Schweiß - *DONG Dong DONG!*

Ich hielt mir die Hände an die Ohren und presste die Augen zu *DONG Dong DONG!*

„HÖR AUF VERDAMMT!" begann ich zu schreien *DONG Dong DONG!*

Doch das metallisch klingende Geräusch eines Schnabel der gegen Gitter schlug wurde immer energischer und lauter. *DONG Dong DONG!*

Nicht noch mal Hoffnung schöpfen und dann mit einer Ratte in der Hand zu mir kommen.. *DONG Dong DONG!*

Wir hatten doch einen Plan damit ich hier rauskomme. *DONG Dong DONG!*

Muss dagegen ankämpfen... das bilde ich mir nur ein.. *DONG Dong DONG!*

Freiheit und dann zu einem Arzt, der wird mir dann was verschreiben. *DONG Dong DONG!*

Vielleicht geht es ja auch von alleine weg.- *DONG Dong DONG!*

„BITTE ... Oh Gott hilf mir doch!"

*DONG Dong DONG, DONG DONG DONG, DONG DONG DOONG, DONG DONG DOONG DOOONNNNNG !!*

Ruhe.

Ich ließ meine Augen geschlossen, und die Hände an den Ohren bis mir eine Hand an die Schulter fasste. Als ich vor Schreck aufschaute, stand sie da.

Marie. Die Sonne in ihrem Rücken blendete und es schien fast so, als sei sie eine Lichtgestalt des

Himmels. War es wirklich die Sonne die mich blendete, oder ihr wunderschönes Lächeln? Sie nahm mich bei der Hand und half mir auf. Fast wie in Trance schaute ich ihr in die Augen. Ihr Duft nach Vanille und Lavendel betörte mich. Sie lachte, nahm meine Hand und zog mich mit sich.

Erst jetzt bemerkte ich wo wir waren. Wir waren am Strand. Derselbe weiße Sandstrand wie in meinem Traum. Die Wellen des Meeres tanzten mit dem Strand. Der Wind wehte leicht durch die Palmen, die sich leicht und umschmeichelt davon hin und her bewegten. Der Himmel war strahlend blau, keine Wolke in Sicht. Und Marie lachte, hielt mich an der Hand und lief am Strand entlang, immer wieder sich nach mir umblickend. Ihr weißes Kleid hüpfte, tanzte mit ihrem Körper im Takt ihrer Schritte. Unser Ziel schien eine kleine Strandhütte zu sein.

Es konnte nicht wahr sein. Mir war klar, dass ich immer noch in meiner Zelle kauerte. Vermutlich war ich eingeschlafen, aber es war mir egal.

Ich blieb stehen, zog sie an mich ran, schaute ihr tief in die Augen. Unsere Blicke verschmolzen und es schien als ob die Zeit stillstand. Sie schaute mir direkt in mein Herz, das aufgeregt in meiner Brust schlug. Ihre Lippen kamen immer näher und näher.

*klick* - Boooom!

Sie fiel, ihr Kopf prallte auf den Sand, an ihrer Schläfe ein rauchendes Loch. Ein Stich in meiner Brust, ich spürte wie mein Herz zersprang. Ich bekam keine Luft, mit weit aufgerissenen Augen blickte ich auf meine rechte Hand. Ein Revolver! Was habe ich getan? Ein Schwall Erbrochenes drückte sich mir vom Magen Richtung Mund. Ich brach zusammen und begann mich zu übergeben.

Ein schrilles Lachen war zu hören, es war der Barkeeper der Strandhütte der auf mich deutete und mich mit einem besessenen Blick auslachte. Seine Augen begannen sich zu verdrehen, bis keine Pupillen mehr zu sehen waren. Das Lachen wurde immer schriller und lauter. Wolken verdunkelten plötzlich den Himmel. "HAHAHAHAHA Mörder HAHAHAHAHA" lachte er mich weiter aus.

Das Meer begann immer mehr Wellen zu schlagen und die aufbrausende Gischt erreichte bereits Maries Leichnam. Mit jeder Welle kam das Wasser ein Stück näher, bis sie ins Meer gezogen wurde. Ich schnappte nach ihrer Hand, doch die Natur war stärker und zog mich mit. Loslassen war keine Option für mich. Die Wellen wurden immer größer, der Himmel färbte sich schwarz und das Meer rot. Ich klammerte mich an Maries Körper. Ob ich ertrinken würde war mir egal, alles war mir egal. „Marie, verzeih mir." sagte ich mir, während sich meine Lungen mit blutigem Salzwasser füllten.

Da blickte sie mich mit vor Hass verzogener Miene an „NEIN! MÖRDER!"

Ich erschrak.

Schweißgebadet wachte in meiner Zelle auf. „Es reicht, es muss was passieren. Ich halte den Wahnsinn nicht mehr aus." - Ich zog mein Hemd aus und knotete den einen Ärmel an die Gitter des kleinen Zellenfensters. Aus dem anderen Ärmel knotete ich eine Schlaufe und legte sie mir um den Hals. Noch einmal dachte ich an meine Familie, an meine Eltern, an meine Geschwister, an meine Freunde -und an Marie.

Dann lies ich mich zusammensacken. Ich spürte, wie der Stoff des Ärmels sich immer fester um meinen Hals legte. Meine Lungen fingen an zu brennen. Mein Herzschlag wurde immer schneller und das Blut schoss mir in den Kopf. Zuerst wurden die Beine taub, dann die Arme, ich musste lächeln und eine letzte Träne lief über meine Wange. Dann wurde es dunkel, kalt und ruhig.

## Kapitel 12: Gefunden

Market Street 21W. Die Adresse, die Olivia mir
gegeben hatte, war sicher in meinem Handy
gespeichert und ich begab mich auf direktem Weg
dorthin.

Dort angekommen stand ich vor einem Reihenhaus,
zweistöckig. Von außen sah es sehr unscheinbar aus.
Auf dem Klingelschild stand Sherman, also drückte ich
die Klingel. Ein junger Mann, geschätzt Anfang 30,
öffnete mir die Tür. Glatze, Poloshirt, Hornbrille. Er
sah wie ein Musterschüler aus, die Streber in der
Klasse. Die „Klugscheißer" wie wir sie nannten.

„Bist du Marie?" fragte der kleine Kerl mich.

Ich bejahte das mit einem Nicken. Er bat mich herein,
denn Olivia hatte ihm bereits berichtet dass ich
kommen würde.

Er zeigte mir das Zimmer in dem ich übernachten
sollte. Es war sehr spartanisch eingerichtet, ein
uralter Teppich, ein Holzregal mit Büchern, ein altes
Bett wie zu Großmutters Zeiten, ein kleiner
Schreibtisch mit einem Stuhl und mit Anschluss zu
einem eigenem Badezimmer.

Mich störte das Spartanische nicht, hier wollte ich erst einmal zur Ruhe kommen. „Ich bin übrigens Peter." lächelte er mich an. „Freut mich sehr, Peter, und vielen Dank für deine Hilfe." er gab mir zu verstehen, ich sollte mich wie Zuhause fühlen und bräuchte mich auch nicht zu scheuen etwas zu sagen wenn ich etwas benötigte.

Ich fasste Vertrauen und bat ihn gleich um Papier und einen Stift, was er mir selbstverständlich sofort brachte. Peter stellte keine weiteren Fragen, er verließ das Zimmer und ich setzte mich erstmal hin. Ich fühlte mich sicher. Nun mussten meine nächsten Schritte gut überlegt werden. Ich blätterte in dem Telefonbuch, das in einer Schublade im Schreibtisch lag und suchte die nächsten Adressen der Gefängnisse im Umkreis heraus. „Ich werde Paul da schon irgendwie rausholen, ich schaffe das!" dachte ich mir mit vollem Mut.
Es waren genau fünf Adressen die ich ausfindig machen konnte.

Als Olivia zwei Tage später kam schmiedeten wir gemeinsam Pläne bei einem Glas Wein am Abend. Am nächsten Morgen fuhren wir sehr früh los um keine Zeit zu verlieren.
Nach 13 Stunden und 4 Gefängnissen hatte sich Ernüchterung breit gemacht. Ich hatte nur noch eine

Adresse auf meinem Zettel.

Also los... Die Fahrt dorthin dauerte etwas, aber in Gesellschaft von Olivias Frohnatur verging die Zeit wie im Fluge. Immer wieder brachte sie mich zum lächeln und gab mir wieder ein wohliges Lebensgefühl.

Dort angekommen liefen wir auf das Gebäude zu und an der Pforte sprach Olivia mit einem Beamten. Ich hielt mich im Hintergrund. Sie sprachen etwa 20 Minuten, doch der Beamte wollte uns keine Auskunft erteilen. Da zückte sie ein paar Scheine aus der Hosentasche und redete auf den Beamten ein. Als sie zu mir zurückkehrte rief sie: „Jackpot Marie, er hat sich weich kochen lassen, gleich wissen wir ob Paul hier ist."

Fünf Minuten später öffnete sich das große Tor, uns wurde der Einlass gewährt. Wir wurden immer tiefer in das Gebäude geführt, durch eine Sicherheitstür nach der anderen. Bis wir schließlich im Büro des Direktors ankamen. „Bleib ganz ruhig Sweete, ich regel das." Olivia war so süß ... und sie machte mir mit ihren Worten Hoffnung, dass wir nicht am Ende waren.

„Ja, wir möchten gerne wissen, ob ein gewisser Paul Anka bei Ihnen in U-Haft sitzt?!"

Er bat uns Platz zu nehmen. Als wir uns setzten erklärte uns der Direktor, dass er solche Informationen nicht an X-beliebige Besucher herausgeben dürfe. Da zückte Olivia eine Visitenkarte heraus, sie schien auf das, was uns bevorstand, gut vorbereitet zu sein. Der Mann betrachtete die Visitenkarte argwöhnisch, schaute auf und nickte Olivia zu.

Ich schaute Olivia an „Wie hast du...." - „Kleines, du kennst mich jetzt lang genug." unterbrach sie mich und zwinkerte mir zu.

Der Direktor bat uns ihm zu folgen. Er brachte uns in einen Besucherraum, wo wir warten sollten. Olivia war sehr abgeklärt, sehr kalt. Mein Herz schlug mir bis zum Hals. Ich war nervös und tausend Gedanken schossen mir durch den Kopf. Meine Hände zitterten: würde Paul jetzt gleich zu dieser Tür rein kommen? Nicht umsonst hatte uns doch der Direktor hierher gebeten....

## Kapitel 13: der Doktor

„Paul? hörst du mich? Komm schon, wach auf Junge!
Bist du da?" Langsam wach werdend hörte ich eine
Stimme meinen Namen rufen.

Ich öffnete die Augen um sie gleich darauf wieder zu
schließen. Das grelle Licht blendete zu stark. Ich
versuchte es erneut, diesmal ganz langsam und
vorsichtig. Meine Augen gewöhnten sich allmählich an
das Licht und ich konnte die Umrisse von Roberto
erkennen, der über mir gebeugt stand und wild
gestikulierend auf mich einschimpfte.

„Was hast du dir nur dabei gedacht? Wenn das zu
deiner Show gehören sollte, ging das wirklich zu weit,
mein Freund. Die Wärter haben dich gerade noch
rechtzeitig gefunden."

Ich blickte mich nervös um und wollte Roberto fragen
wo ich bin, doch meine Kehle war trocken und fühlte
sich an wie zugeschnürt. Wahrscheinlich noch die
Folgen meines Selbstmordversuchs. Das einzige, was
ich herausbrachte, war ein krächzendes „Wooo..."

„Du bist im Krankenhaus." antwortete Roberto, der
meine Frage trotzdem verstanden hatte. „Sie wollten
dich gerade abholen und in die psychiatrische

Einrichtung verlegen, deine Show hat sie alle überzeugt. Das war Rettung in letzter Sekunde, sie fanden dich hängend in deiner Zelle. Was hast du dir nur dabei gedacht mein Freund?"

Selbst wenn meine Stimme wieder funktioniert hätte, ich hätte keine Ahnung gehabt, was ich darauf antworten sollte. Wie sollte ich Roberto erklären, dass nicht alles nur Show war und ich vielleicht wirklich dem Wahnsinn verfiel? Und wenn es mir gelänge, wie würde er darauf reagieren? - Ich sagte nichts und senkte stattdessen den Blick.

„Schon gut." meinte Roberto. „Ruh dich erst mal ein bisschen aus. Solange du im Krankenhaus bist kann es nicht zur Verhandlung kommen, dass gibt mir Zeit unsere nächsten Schritte vorzubereiten. - Und du, halte durch und mach keinen weiteren Blödsinn, ok? Ich sage dir, ich bringe alles wieder in Ordnung, vertraue mir." Er legte mir kurz und beruhigend die Hand auf die Schulter. Dann ging er auf die Tür zu. Bevor er das Zimmer verließ, drehte er sich noch einmal zu mir um und sagte: „Übrigens, du siehst echt scheiße aus mein Freund."

Ich begann mich ein wenig im Zimmer umzusehen. Es war ein gewöhnliches Krankenhauszimmer. Ein Einzelzimmer. Links neben meinem Bett befand sich ein Monitor, der irgendwelche Werte anzeige die ich nicht verstand. Daneben nahm ich einen Ständer wahr, an dem ein Infusionsbeutel mit einer hellen Flüssigkeit hing, die über einen Schlauch in meinen linken Arm floss. Vermutlich Schmerzmittel. Rechts von mir stand ein kleiner Beistelltisch, mit einem Telefon darauf. Zudem waren da noch eine Flasche Wasser und ein Glas, in das schon ein wenig Wasser eingeschenkt worden war. Ich spürte, dass ich durstig war und wollte nach dem Glas greifen. Erst jetzt bemerkte ich, dass meine rechte Hand in Handschellen lag, welche wiederum an meinem Krankenhausbett befestigt waren. Richtig, ich war ja immer noch ein Gefangener. - Umständlich versuchte ich mit der linken Hand das Glas zu ergreifen, ohne dabei die Infusionsnadel herauszureißen. Nach mehreren gescheiterten Versuchen und gefühlt einer Stunde gelang es mir schließlich. Endlich hielt ich das Glas in der Hand und nahm einen großen Schluck. Sofort bekam ich einen Hustenanfall. Meine Kehle war immer noch wie zugeschnürt. Es würde wohl noch dauern, bis ich mich richtig wieder erholt hatte. Ich bugsierte das Glas wieder auf den Tisch, langsam bekam ich Übung, und mein Blick fiel auf einen kleinen Spiegel, der mitten auf dem Tisch lag. Ich schnappte ihn mir und sah hinein.

Der Anblick schockte mich. Mein Hals war mit roten und blauen Flecken übersät und dick geschwollen. Meine Augen waren blutunterlaufen. Meine Haare

hingen mir in fettigen Strähnen ins Gesicht. Roberto
hatte Recht, ich sah furchtbar aus.

Da ich keine Lust auf weiteres Gefriemel hatte, ließ ich
den Spiegel einfach fallen und lehnte mich zurück. Ich
blickte auf die Decke, sie war weiß. „Wenigstens kein
Grau." dachte ich. Das Zimmer hatte ein großzügiges
Fenster durch das hell die Sonne schien. Es war ein
schöner Tag. Und das Beste daran, nirgendwo war ein
Papagei zu sehen. Erleichtert schloss ich die Augen
und lauschte. - Nichts. - Ruhe.

Das einzige Geräusch das zu hören war, war das
Piepsen des Monitors, was wohl zeigte, dass ich noch
am Leben war. Ein wohliges Glücksgefühl überkam
mich. Es war vorbei, ich hatte den Wahnsinn besiegt.
Jetzt musste nur noch diese doofe Mordsache geklärt
werden und ich könnte wieder ein normales Leben
führen. Roberto arbeitete ja bereits daran.
Ich hoffte, dass er noch ein paar gute Ideen hatte.
Langsam überkam mich die Müdigkeit und ich schlief
beruhigter als zuvor ein...

... Ich wachte an einem Sandstrand auf. Der Sand
kitzelte zwischen meinen Zehen. Auf einmal stand
Marie über mir, reichte mir die Hände und zog mich
zu sich nach oben. Sie sah mir tief in die Augen und
lächelte. Es war das schönste Lächeln, das ich je
gesehen hatte. Wir hielten uns an den Händen und

liefen glücklich auf die kleine Strandhütte zu. Wieder trug sie ihr umwerfendes weißes Kleid. Diesmal war alles perfekt. Diesmal würde alles gut gehen.

Da hörte ich es. Erst ganz leise, dann wurde es immer lauter „dong dong DONG DOOOONG!".

Entsetzt riss ich die Augen auf. Als ich mich umsah, erblickte ich einen Mann in einem weißen Kittel, der neben meinem Bett saß und nervös mit einem vergoldeten Kugelschreiber gegen die Metallstange meines Krankenhausbettes klopfte. Er selber war normal groß, nicht zu dünn und nicht zu dick, sein Gesicht hatte außer einem arroganten Ausdruck auch eine dicke Knollennase, auf der eine Brille lag. Seine Haut war überzogen von Falten der Zeit. Ein Beweis dafür, dass er mindesten so um die 50 Jahre alt sein müsste und schon viel gesehen hatte. Seine Augen verrieten nix und doch war irgendetwas darin zu sehen. An seinem Kittel hing ein Namensschild. Ich kniff meine Augen zusammen um den Namen zu lesen: Dr. Harald Stein.

„Sind sie wach? Können sie mich verstehen?" fragte er. Mir schien es, als ob ich ein leichtes Zittern in der Stimme vernahm. Ich nickte ihm zu. Er räusperte sich kurz um dann fortzufahren. „Also, Herr Anka," – „Enka." unterbrach ich ihn flüsternd, „es heißt Enka."

Nach einem kurzen verdutzten Blick schaute er auf sein Klemmbrett und fuhr fort „Herr ENKA, sie wollten sich also das Leben nehmen, so so.." Arroganz war in seiner Stimme zu hören. „Vom Paradies zur Hölle fahren, naja. Aber was weiß ich schon."
Erst jetzt bemerkte ich das Kreuz, das um seinen Hals hing. Scheinbar war er gläubiger Natur. „Ihnen wird im Moment 20 ml Diazepam verabreicht um sie zu ruhig zu halten. Nicht, dass sie auf noch mehr komische Ideen kommen. Die Schwellung an ihrem Hals wird in den nächsten Tagen zurückgehen. Bis dahin wünsche ich ihnen viel Freude beim Essen."
Wurde er gerade sarkastisch?
„Eine Schwester wird regelmäßig nach ihnen sehen. Falls etwas sein sollte, so drücken sie den Knopf neben ihrem Bett und es wird sofort jemand kommen." Scherzkeks dachte ich mir. Der besagte Knopf lag neben mir auf der rechten Seite. Die Seite, die angekettet war. Wenn ich bedenke wie lange ich gebraucht hatte um mit der linken Hand an das Glas ranzukommen, könnte der Notfall lustig werden. „Haben sie alles soweit verstanden?" Ich nickte ihm zu.

Er notierte sich etwas auf sein Klemmbrett, stand auf, beugte sich über mich und schaute mir tief in die Augen. Sein starrer Blick bohrte sich direkt in meine Seele. Ein ungutes Gefühl überkam mich. „Machen sie uns keine Probleme, ich weiß, was sie getan haben. Oder besser gesagt, warum sie es getan haben." Ohne ein weiteres Wort verließ er das Zimmer.

Ich blickte mich noch einmal dösig im Zimmer um. Mein Blick verharrte kurz am Fenster. Draußen schien die Sonne. Ich versuchte tief durchzuatmen, doch der Hals schmerzte noch. Ich seufzte stattdessen kurz und kuschelte mich in mein Kissen. Zufrieden schloss ich die Augen.

## Kapitel 14: Wiedersehen

„So schnell sieht man sich wieder!"
Mich traf der Schlag mitten ins Gesicht. Da stand doch
tatsächlich Roberto vor uns. Ich konnte es nicht
fassen. Ich schaute Olivia an, sie schmunzelte.

„Der, den ihr sucht, der ist nicht mehr hier. Paul hat
letzte Nacht das Gefängnis, sagen wir „unfreiwillig"
verlassen."
Olivia stolzierte mit ihren High Heels auf Roberto zu:
„Was soll das heißen? Wo ist er?"

Roberto zeigte sich keineswegs beeindruckt, wich
Olivia Schritt für Schritt aus und kam stattdessen auf
mich zu, beugte sich nach vorne und flüsterte „Du
unterschätzt mich ganz gewaltig, Liebes. Ab hier ist
deine Flucht zu Ende!" Den Blick zu Boden gesenkt
konnte ich es nicht fassen was hier geschah. Dieser
Raum war vergiftet von Roberts Gestank nach
Aftershave.

Der Anwalt drehte sich um und stolzierte nun auf
Olivia zu. „Ihr kommt beide mit mir und tut was ich
euch sage."

Meine Hände ballten sich zu Fäusten und ich schlug
damit auf einen in der Nähe stehenden Tisch. „Olivia,

lass mich mit ihm gehen, wir haben keine andere Wahl wenn wir mich und Paul retten wollen."
Mit einem verzweifelndem und flehendem Blick sah ich diese junge hübsche Frau an, die sich mittlerweile abgewandt hatte und zum Fenster hinausstarrte.

Stille! Kein Wort kam von ihr! Roberto hatte sich siegessicher an den Tisch gesetzt, und wartete auf unsere Entscheidung. Ich lief zu Olivia hinüber, mit Niederlagen kam sie nicht gut klar, das sah man ihr an. Wir schauten beide aus dem Fenster, die Gitterstäbe davor waren grässlich. Wie hielt man so etwas aus, wenn man hier Jahre seines Lebens verbringen müsste? Hinter den Gitterstäben sah man auf den Hof hinaus, alles war eingezäunt. Es gab kein Entrinnen für uns.

„Olivia?"
Sie drehte sich zu mir um. – „Geh, Marie, geh, ich halte dich nicht, ich verstehe das."
Sollte also meine Reise mit Roberto weitergehen?
Oder schien Oli einen Plan zu haben?

„Ihr habt mich missverstanden." Roberto stand auf, „ihr begleitet mich Beide. Ich kann doch nicht zulassen, dass unsere kleine Freundin hier im Hintergrund irgendwelche Pläne schmiedet die mir schaden könnten."

„Ich bin nicht Teil deiner Beute, du Heuchler."
entgegnete Olivia. „Marie wird mit dir gehen, ich
werde nicht mit kommen. Akzeptiere das oder lass
es!"
Mit eiskaltem Blick ging Roberto auf Olivia zu, holte
aus und ohrfeigte sie. „Senorita, dann darf ich
bitten...."

Wieder wartete draußen der schwarze Van. Ich
kannte ihn bereits vom letzten Mal, auch das Szenario
war mir bekannt. „Na los, gib mir das Ticket, Roberto."
−
„Ticket? Oh nein, Schätzchen. England ist abgesagt,
für dich haben sich die Pläne geändert!"
Dieses fiese Grinsen ließ mich erahnen, dass er
wirklich andere Pläne mit mir hatte als gedacht.

„Erzählst du mir, was mit Paul ist?" fragte ich Roberto
während der Fahrt. Dieser stierte aus dem Fenster,
sein Blick schien aber ins Leere zu gehen. Roberto
schien ungeduldig zu werden. „Hör zu Liebes, Paul ist
in keiner guten Verfassung. Zu alledem wirst du
immer noch gesucht, von den Kerlen die Rabbit
umgenietet haben. Streng also bitte das nächste Mal
dein süßes Köpfchen an bevor du wieder wegläufst."

Wie bitte? Jetzt sollte ich auch noch ein schlechtes
Gewissen haben? Ich rollte die Augen und wandte
meinen Blick ab, doch für einen kurzen Moment war

eine kleine Sympathie für Roberto zu spüren.

Mit einem für uns unbekannten Ziel fuhren wir der
Sonne entgegen und die Insel gab ihr schönstes Bild
ab. Roberto danach zu fragen wohin wir fuhren schien
mir überflüssig, da ich seine Antwort ahnen konnte.
Nach einer Weile hielt der Van wieder im Zentrum
einer Stadt vor einem Krankenhaus. „Ein
Krankenhaus?" verdutzt blickte ich Roberto an.
„Komm mit, wir haben hier etwas zu erledigen und ich
denke dir wird das auch gut tun". War Roberto etwa
doch nicht so ein Lackaffe wie ich immer dachte?! Was
zum Geier aber wollte er denn hier erledigen?

Ich trottete Roberto hinterher in den Eingangsbereich
zum Aufzug. Wir fuhren in den 3. Stock. Es roch
typisch nach Krankenhaus, und überall waren
Menschen in weißen Kitteln. Wir hielten vor dem
letzten Zimmer auf der rechten Seite. Roberto zeigte
auf die Tür und deutete an, dass ich rein gehen sollte.

„Du hast genau 10 Minuten, keine Minute länger. Du
wirst keinen schönen Anblick zu sehen bekommen,
nur damit du im Bilde bist, dennoch ... nutze die Zeit!"

Verunsichert klopfte ich vorsichtig an die Tür und
öffnete sie. Es war eine schwere Tür, wie es in
Krankenhäusern üblich ist. Drei Schritte lief ich in das
Zimmer und reckte den Kopf zur Seite.

Und da lag Paul! Er sah sehr mitgenommen aus, hing an Schläuchen und Maschinen. Ich hielt mir vor Schreck die Hände vor den Mund. Was war nur passiert, dass Paul in solch einem ernsten Gesundheitszustand war?

Ich setzte mich an sein Bett und betrachtete sein bleiches Gesicht. Am Hals waren rote und blaue Striemen zu sehen, als ob ihm etwas um den Hals gelegen und zugedrückt hatte. Mein Blick glitt an ihm herunter, so als ob ich mir jedes Detail merken wollte. Mit einer Hand hielt ich seine am Bett gefesselte Hand, mit der anderen streichelte ich ihm durch sein Haar. Während ich grübelte, spielten meine Fingern unbemerkt mit seinen Haarspitzen.
Tränen liefen mir über das Gesicht. „Ich bin da Paul, ich bin da..." schluchzte ich ganz leise. Nach vorne gebeugt flüsterte ich weiter in sein Ohr „Ich verspreche dir, es wird alles wieder gut..."

Plötzlich spürte ich eine Hand auf meiner Schulter. „Marie, wir müssen gehen."
Roberto war unbemerkt ins Zimmer gekommen. Mit einem letzten Blick zurück verließ ich Paul und das Zimmer mit einem Versprechen.

## Kapitel 15: A-N-N-A

„Aufwachen Mr. Enka." hauchte mir eine sinnliche Stimme ins Ohr. Ich schlug die Augen auf und sah eine dunkle Schönheit in einem weißen Gewand. Mit ihren Kastanienbraunen Augen schaute sie nach den Diagnosegeräten. Ihr lockiges, schwarzes Haar sprang bei jeder Bewegung auf und ab und sie roch nach Kokosnuss und Vanille. Der weiße Kittel spannte sich über ihrem dunklen Körper, als ob er gewollt zwei Nummern zu klein ausgewählt worden war. Als sie sich zu mir runter beugte, um mein Kissen zu richten, begann ich zu phantasieren.
Wie lange bin ich jetzt schon in Untersuchungshaft? War es wirklich schon so lange her, dass ich nun wieder wie in der Pubertät bei jeder Frau die Fassung und Kontrolle über meinen Blutfluss verlor? „Hals Maul!" sagte dieser mir „und genieße die Show."

Breit grinsend schaute ich ihr bei der Arbeit zu. Inzwischen ging es mir schon viel besser.

Sie bemerkte natürlich, dass ich sie mit den Augen auszog. Es schien ihr aber nichts auszumachen. Sie war solche Blicke wahrscheinlich gewohnt.

Ich überlegte mir einen coolen Spruch, um mit ihr ins Gespräch kommen zu können. „Na, heute schon

rasiert? – Ääähm.. ich meine JEMANDEN? - Shit ...
sorry!"
Das ging wohl nach hinten los. Das Blut schoss mir so
schnell zurück in den Kopf, dass ich rot angelaufen
sein musste wie eine Tomate.
Sie aber lächelte nur: „Was besseres ist ihnen nicht
eingefallen Mr. Enka?"
„Es heißt Enk..." - Moment mal, das war ja richtig.
Verblüfft schaute ich sie an. „Woher .. ich mein,
wieso...egal." Scheinbar hatte ich doch noch nicht
genug Blut im Kopf.
„Ich heiße Anna." sagte sie.

Sofort dachte ich an das Lied „Anna" von Deichkind
und witzelte: „Ich bin Max aus dem Schoß der
Kolchosen, so ne Katastrophe das ging mächtig in die
Hose". Mit einem angewiderten Blick wich sie zurück.
Wild artikulierend versuchte ich die Situation zu
retten. „Das ist aus 'nem Song, aus den 90ern." Und
wieder wurde ich rot. Ich vergaß mal wieder, dass ich
doch schon älter war als ich mich fühlte. Sie hingegen
müsste ungefähr 25 Jahre jung sein. „Oookaay."
meinte sie und schaute verschämt zur Seite.

Die Tür ging auf und Dr. Stein betrat das Zimmer.
Anna zog sich umgehend zurück und verließ mit
gesenktem Haupt den Raum. Dr. Stein ließ sich aber
nicht nehmen, ihr noch einen Klaps auf den Hintern

zu geben. „Ich liebe es, wenn sie so jung sind." grinste er.

„So, Herr Enka. Sie scheinen sich ja prächtig zu erholen." er schaute sich das Klemmbrett von meinem Bett an, blätterte kurz durch und überflog alles. Dann wandte er seinen Blick wieder zu mir. „Sie zeigen gar keine Anzeichen mehr, dass sie unzurechnungsfähig wären."

Shit, ich hatte meine Rolle vergessen. „Ich bin nicht umsonst Arzt. Ich kann gut zwischen Schauspiel und echter Krankheit unterscheiden. Seien sie froh, dass ich nicht bei den Stümpern saß, die sich ihr Video angesehen haben." fuhr er fort und blickte über den Brillenrand. „Sie werden Morgen verlegt. Und zwar kommen sie nach Arkham." Ich musste schmunzeln. „Was gibt es denn da zu lachen?" fragte Dr. Stein. „Nichts, nichts. Nur der Name Arkham." erwiderte ich und versuchte, mir das Grinsen aus dem Gesicht zu wischen. Ich komme nach Arkham, wie die Bösewichte in „Batman" dachte ich. „Das ist nicht so lustig wie es den Anschein macht. Sie werden es schon sehen." Er klopfte leicht gegen das Ventil des Tropfes, um zu überprüfen ob das Ventil noch funktionierte. Dann wünschte er mir einen schönen Tag und ging.

Wieder mit mir und meinen Gedanken allein lag ich – immer noch gefesselt - in meinem Bett und schaute an die Decke. Schlussendlich schlief ich irgendwann ein.

Erst ein starkes Rütteln an meiner Schulter ließ mich wieder zu mir kommen. Es war inzwischen Nacht geworden, und es war Anna die mich mit einem panischen Blick weckte „Du musst hier weg. Sie sind hier! Und sie wollen dich holen!" sie griff sich ins Haar und zog eine Klammer heraus, mit der sie im Handumdrehen die Handschellen öffnete. Sie half mir beim Aufstehen und zog mir die Infusionsnadel aus meinem linken Arm. Beim ersten Versuch Aufzustehen, brach ich aber sofort wieder zusammen.

„Du hast zu lange gelegen, ich stütze dich." sagte Anna und nahm meinen Arm über ihre Schulter. Zusammen gingen wir zum Fenster. Sie öffnete es und blickte .hinaus „Die Luft ist rein. Komm!" sagte sie und half mir dabei, aus dem Fenster zu klettern. Ich ließ mich in einen Busch fallen, der direkt unterhalb meines Fensters wuchs. Gerade als Anna nachkommen wollte, packte sie eine Hand an ihrem lockigen Haar: „WAS TUST DU DA SCHLAMPE?!" hörte ich eine männliche Stimme brüllen. Als ich zu ihr aufsah, sah ich wie sich eine Klinge, die den Mondschein reflektierte, in ihre Kehle bohrte. Wie ein Schaschlik wurde ihr hübscher Hals aufgespießt, als sich die Klinge durch das dunkle Fleisch nach draußen zu fressen begann und ihr den Hals freilegte. Ihr warmes Blut spritzte kurz und explosionsartig heraus. Ich spürte, wie die warmen

Spritzer auf meiner Haut landeten. Voller Entsetzen hatte ich nur einen Gedanken: „Ich muss weg!" Robbend versuchte ich unbemerkt aus dem Busch zu entkommen, doch der Schatten dem Anna zum Opfer gefallen war hatte mich bemerkt. Ich hörte, wie etwas aus dem Fenster sprang und im Busch landete. Ich wollte mich nicht umdrehen, sondern versuchte immer wieder auf die Beine zu kommen. „Jetzt macht schon, verdammt!" flehte ich sie an.

Gerade als ich es geschafft hatte auf die Knie zukommen, packte mich eine Hand an den Haaren. „NEIN!" rief ich und schlug mit der Faust in Richtung des Angreifers. Obwohl ich die Augen zugepresst hatte und es tiefste Nacht war, traf meine Faust ihr Ziel. Die Hand löste sich von meinem Haar und ich schaffte es auf die Beine. Erfüllt von Adrenalin erinnerte sich mein Körper nun schlagartig daran, wie man läuft. Und ich rannte los. Wohin? Egal, nur weg von hier.

Ich stoppte erst wieder, als ich mich in einer Gasse hinter einem Müllcontainer sicher fühlte.

Meine Lungen brannten. Nach Luft japsend versuchte ich meinen Puls zu beruhigen und schaute mich nach meinem Verfolger um. Es war niemand zu sehen.

Erst als ich meinen Blick durch die spärlich

beleuchtete Gasse schweifen ließ bemerkte ich wo ich war. Ich war intuitiv nach Hause gerannt. Besser gesagt, fast. Ich war nur ein paar Blocks davon entfernt.

Schlussendlich schaffte ich es zu meinem Apartment. Gott sei Dank hatte ich einen Ersatzschlüssel versteckt. So dachte ich jedenfalls, doch als ich unter die Fußmatte schaute, war er nicht mehr dort. „Mist!" ich schaute mich um und sah ein halb geöffnetes Fenster. „Da könnte ich rein klettern." Gedacht, getan. Endlich Zuhause.

Erst mal das Licht einschalten. Was für ein Chaos. Scheinbar hatte jemand meine Wohnung durchsucht. Wahrscheinlich die Bullen, auf der Suche nach der Tatwaffe. Moment- Oscar! Was war mit Oscar? Mir kamen die Tränen, als ich ihn mit verdrehtem Kopf im Käfig liegen sah. Ameisen und andere Insekten labten sich bereits genüsslich an seinem kleinen Körper.

„Leb wohl mein Freund." In diesem Moment stülpte mir jemand einen Sack über den Kopf und zog zu. Egal wie sehr ich mich anstrengte, ich und mein Körper waren nach den jüngsten Strapazen einfach nur erledigt. Dunkelheit.

## Kapitel 16: Freundinnen

Zurück im Van erzählte Roberto mir, dass Paul sich
das Leben nehmen wollte. Ich war am Boden zerstört
und weinte. Wie konnte es nur soweit kommen? Was
hab ich nur getan, warf ich mir voller Selbstzweifel
vor. Wie verzweifelt muss er gewesen sein?

Ich blickte zu Olivia und erinnerte mich an unsere
vorherige Zeit.

Wir lernten uns an der Universität in Yale kennen.
Wir studierten beide Journalismus und hatten das
gleiche Ziel vor Augen: Bei der Zeitung „Der Yale Daily
News" mitzumischen. Für das Studium war es von
großer Wichtigkeit, bei der Zeitung aktiv zu sein,
Artikel zu verfassen und den eigenen Namen darunter
zu setzen. So konnte man später nachweisen, dass
man genug Erfahrung hatte, um z.B. einen Job als freie
Reporterin zu bekommen. Sie wurde nach einiger Zeit
zur Redakteurin der Zeitung gewählt, was allerdings
damit zu tun hatte, das Oli mit dem Chefredakteur ins
Bett ging. Klischeedenken, würde man jetzt vielleicht
denken, aber so war das eben mit Oli. Sie ließ nichts
anbrennen. Allerdings waren es des öfteren ältere
Männer, die die taffe Oli mitnahmen. Für mich hatte es
nur Vorteile, ich bekam die besten Themen über die
ich schreiben durfte.

Anfangs des Studiums mischten wir auch noch bei der ein- oder anderen Party mit, die an der Uni stattfanden. Irgendwann ödeten uns diese typischen Uni Partys jedoch an. Immer die gleichen betrunkenen Leute, immer die gleichen Alkoholleichen, die am Ende jeder Party im Flur des Uni Gebäudes herumlagen.

Eine Party blieb mir jedoch besonders in Erinnerung. Oli und ich fuhren mit zwei anderen Kommilitonen nach Miami. Dort stand die jährliche Mega-Party der Studenten an. Aus dem ganzen Land reisten junge Menschen wie wir an. Es war eine riesige Anlage am Beach. Oli schmiss nur so mit Geld um sich. Sie bezahlte einige Angestellte der riesigen Anlage dafür, dass wir immer mit Getränken und Handtücher usw. versorgt waren. Sie organisierte sogar für den Strand einen Pavillon und einen großen Runden Tisch mit Stühlen. Ein Schmunzeln huschte mir über mein Gesicht während ich daran dachte. Kein Mensch an diesem Beach saß am Strand mit Stühlen, nur Oli.

Olivias Eltern finanzierten damals ihr Studium. Sie hatte also keine Mühe, im Gegensatz zu mir. Ich musste mir währenddessen Jobs suchen um Yale bezahlen zu können und um mich über Wasser zu halten.

Die dominante Oli war es auch, die in unserer Freundschaft ein wenig den Weg bestimmte. Mir machte das nichts aus, da ich von Natur aus eher der schüchterne und ängstliche Typ war, und Oli mich deshalb etwas an die Hand zu nehmen schien. Dankend nahm ich das alles natürlich an. Es war einfach eine wunderschöne Zeit die ich nicht missen wollte.


Mit Roberto fuhren wir in ein Hotel. Im Zimmer angekommen schaute ich etwas ungläubig auf das, was meine Augen zu sehen bekamen. Das pure Chaos! Unmengen von Bildern, Notizzetteln, recherchierten Berichten...alles flog herum. Der ausrangierte Callboy schien wirklich einen Weg zu suchen. Er notierte überall etwas, auf jedem Bild, auf jedem Artikel stand etwas geschrieben. Ein Bild fiel mir besonders auf. Drei Männer verschiedenen Typs und doch trugen sie alle die gleiche Montur. Sonnenbrillen, Westen. „Das ist der Clan, der hinter euch her ist." erklärte Roberto mir, als plötzlich ein Klingeln losging.

Robertos Handy klingelte. Er ging ran, lange sagte er nichts, sondern schien der Person am anderen Ende zuzuhören. Dann hörte ich wie er mit etwas hektischer Stimme sagte „Was? Schickt jeden raus den ihr finden könnt, und informiert mich über alles weitere!" dann legte er auf, schnappte sich Olivia und rief im Gehen: „ich bin bald wieder zurück!" - die Tür fiel ins Schloss, Roberto und Oli waren weg. Es wurde still im Zimmer.

## Kapitel 17: alte Bekannte

Wasser spritzte mir ins Gesicht. Als ich aufblickte steht Roberto vor mir. „Wach auf Kumpel!" Ich schaute mich um, es schien, dass wir uns in einem Kellerraum befanden. Durch die spärliche Beleuchtung der Glühbirne die von der Decke hing war kaum etwas zu erkennen. Scheinbar gab es nicht mal ein Fenster, der Boden aber schien gefliest. Ich erkannte einen Ablauf auf dem Boden und einen Tisch, der in der Ecke des Raumes stand. Auf dem Tisch stand ein Telefon. Ich selber saß in einem Rollstuhl. Die Hände mal wieder gefesselt. Das merkwürdige dabei war, dass der Rollstuhl mir seltsam bekannt vorkam. Roberto stand rauchend und mit einem gleichgültigen Gesichtsausdruck vor mir. „Was geht hier vor?" fragte ich ihn.
„Wir warten." antwortete er.

Mir schien es, dass weiteres Fragenstellen nicht wirklich Sinn machte, darum ließ ich es erst mal. Als ich mich weiter umschaute, bemerkte ich ein kleines rot blinkendes Licht, das scheinbar zu einer Kamera gehörte.

Plötzlich wurde die Stille von dem Klingeln des Telefons unterbrochen. Er ging ran und legte ohne ein Wort zu sagen wieder auf. Dann war ein elektronisch klingendes Surren hinter mir zu hören. Eine Tür öffnete sich und herein kam ein Mann, ich konnte nur seinen Schatten sehen. Er schien groß zu sein, von bäriger Gestalt mit einem leichten Buckelansatz und scheinbar humpelnden Gang. Ich spürte seinen stinkenden Atem in meinem Nacken. „Bring ihn zu ihm." befahl Roberto mit eiserner Miene. Der Hüne packte meinen Rollstuhl, drehte ihn um und begann damit, mich raus zuschieben. Bis sich meine Augen an das gleißende Licht gewöhnt hatten verging ein Moment. Ich wurde an mehreren Türen vorbei einen langen Gang entlang geschoben. Die Türen sahen allesamt gleich aus. Schwer, metallisch, mit zwei separat verschließbaren Öffnungen. Eine schien als Durchreiche zu dienen und die andere als Sichtfenster.

Mein Hodor mäßiger Chauffeur schob mich in einen Aufzug, der ungewöhnlich nobel aussah und genügend Platz für ein ganzes Krankenhausbett bot. Die untere Hälfte ist verkleidet mit einer fein geschnitzten Kirschholzvertäfelung. Die Obere mit feinstem rotem Samtstoff. Das Bedienfeld wies fünf Etagen auf und die üblichen anderen Knöpfe, wie beispielsweise die Klingel im Notfall und so weiter.

Als mein Begleiter den Knopf für die zweite Etage drückte, konnte ich einen kurzen Blick auf ihn erhaschen. Er wirkte auf den ersten Blick monströs, mit einem deformierten Kopf. Ein Auge herabhängend mit Schlupfliedern, das andere aber dafür weiter geöffnet. Es schien fast so, als würde er wie ein Chamäleon in zwei verschiedene Richtungen sehen. Sein Kiefer wirkte verhältnismäßig klein. Auch hier wieder überkam mich ein Gefühl der Bekanntheit. Zuerst dachte ich an den Film „die Goonies", doch es war ein anderes Gefühl der Bekanntheit, vertrauter.

Als der Aufzug sich behäbig in Bewegung setzte, setzte auch Musik ein. Beethovens 14. Klaviersonate, auch bekannt unter dem Namen Mondscheinsonate.

Als ob meine jetzige Situation nicht schon komisch genug gewesen wäre. Ich rollte mit den Augen. Kurze Zeit später war es schon vorbei, der Aufzug hielt und die Türen schoben sich auf.

Unglaublich, dass wir noch im selben Gebäude waren. Wir betraten einen Gang der dem Fahrstuhl in nichts nachstand. Überall Holzvertäfelungen an den Wänden, schwarz marmorierter Steinboden mit einem roten Läufer und an den Wänden jede Menge historischer Ölgemälde. Eines der Gemälde sprang mir förmlich ins Auge. Darauf zu sehen war ein blauer Ara, der in seinen Klauen eine Ratte hielt.

Das Ende des Flurs mündete an eine hölzerne Doppeltür. Mein Begleiter öffnete sie und schob mich hinein. Ich sah mich um. Als erstes fiel mir der riesige Schreibtisch aus Mahagoniholz auf, der vor einem nicht minder kleinen Fenster stand. Draußen war es Nacht, und es schien bewölkt zu sein, denn es waren keine Sterne zu sehen. Nur der Mond schien schwach durch die Wolkendecke hindurch. An der rechten Wand befand sich ein Kamin, die linke Hälfte des Raumes gehörte Regalen, die voll von diversen Büchern waren. Ich dachte, sie seien medizinischer Natur, da ich Titel wie Heilkunde, Kräuterkunde lesen konnte und diverse für Laien unaussprechliche Fachbegriffe. Aber auch Bücher über Länder und Kulturen waren dort zu finden. Ein wenig merkwürdig fand ich die Bücher über Alien Entführungen, Kornkreise und vor allem das Necronomicon, die gar nicht dazu passten.

Meine Musterung des Zimmers wurde je unterbrochen, als ich eine Stimme vernahm. „Sie können gehen, Mr. Smith." scheinbar war mein Begleiter damit gemeint. „Sie dürfen sich an der Bonbondose bedienen."
Mit einem grunzendem „jo." humpelte er zum Tisch, öffnete eine kleine Keramikdose, nahm eine kleine Pille heraus, und verließ humpelnd den Raum. Er schloss die Türe hinter sich.

Die Stimme kam von der rechten Seite, wo der Kamin stand. Erst jetzt fiel mir der lederne Ohrensessel auf.

In ihm saß ein dürrer Mann. Sein Gesicht war von einer Atemmaske bedeckt, die am Nasenrücken anfing und erst am Brustbein wieder aufhörte. Eine ungewöhnliche Konstruktion dachte ich. Als ich den Schläuchen folgte, entdeckte ich die Beatmungsmaschine die gut kaschiert in einem kleinen Rollwagen hinter dem Sessel stand.

Der dürre Mann war wohl kaum älter als ich selbst. Was auch auffiel war, dass er kein einziges Haar am Körper hatte, nicht einmal Augenbrauen. Die stechenden Augen waren leicht blutunterlaufen und sehnten sich nach Schlaf. Am Körper trug er eine schwarze Hose und ein schwarzes Sakko, darunter ein weißes Hemd. Aus dem Hemd ragte ebenfalls ein kleiner Schlauch.

„Wir kennen uns, Paul." seine Augen deutet ein leichtes Lächeln an. „Du weißt es nicht, oder? Dann hat ja alles geklappt." mit der rechten Hand drückte er einen kleinen Schalter am Ohrensessel. Roberto kam rein, stellte einen kleinen Laptop auf den Schreibtisch und schaltete ihn ein.

„Kennst du ihn?" fuhr die Stimme fort. Ein Bild von David tauchte auf dem Monitor auf. „Natürlich erkennst du ihn, und was ist mit ihm?" ein Bild von Mike wurde eingeblendet. „Was soll das werden?" fragte ich. Als der Mann Roberto mit eiserner Miene anblickte, kam dieser auf mich zu. „Sorry, nix persönliches, ist halt Geschäft." und verpasste mir mit der Faust einen kurzen aber bestimmten Schlag ins Gesicht. Ich schmeckte den metallischen Geschmack von Blut. Das nächste Bild auf dem Bildschirm war Marie. „Ja, ich weiß. Sie kennst du besonders gut. Lass mich dir was zeigen." Ein leises Lachen war zu vernehmen.

„Das ist David." passend zu seiner Erzählung wurden Bilder auf dem Display angezeigt.

„David war ein Sunnyboy, er hatte alles. Von Geld, über Autos und diverse Frauen." Ein Keuchen unterbrach die Erzählung. Er musste erst einmal durchatmen, dann fuhr er fort. „David hatte so viel, dass ihm langweilig wurde. Bis ihm jemand ein unwiderstehliches Angebot machte." Jetzt sah man plötzlich ein Bild mit David und Roberto. „Ja, auch unser Freund hier kennt, oder besser gesagt, kannte David." Wieder ein hämisches Lachen. „Das Geschäft war gut für den jungen David und scheinbar schmeckte es ihm." wieder waren Bilder zu sehen wie David sich diverse Drogen verabreichte. Ihm war es scheinbar egal ob er es rauchen, schnupfen oder spritzen musste.

„Aber David wusste nicht, dass er als Versuchskaninchen diente." Ein Videofile wurd von

Roberto abgespielt.

Darauf zu sehen war David in einem schäbigen Hotel, mit einer jungen Prostituierten. Auf den ersten Blick war alles wie es man sich denken konnte, doch dann fing David an sich zu schütteln. Er stand vom Bett auf, wie eine Marionette, schleppte sich zum Tisch, öffnete eine Schublade und holte eine Knarre raus. Die Prostituierte schien irgendwas zu rufen, als er anfingt, in hämisches Lachen auszubrechen und loszuballern. Es waren keine gezielte Schüsse, aber eine Kugel traf genau in den Kopf der jungen Frau und verteilte ihr Gehirn in einem Spritzmuster an die Wand.

Dann stand er noch mindestens 15 Minuten nur grinsend da, bis er zu sich kam und verzweifelt registrierte, was er da grade getan hatte. Er zückt sein Handy, wählt eine Nummer und tigert während des Gesprächs im Zimmer umher. Kaum hat er aufgelegt öffnet er die Tür. David stolpert zurück, man sah einen Mann eintreten, der ihm eine Waffe an den Kopf hielt. Bittend und bettelnd flehte David scheinbar um sein Leben. Den Mann mit der Waffe beeindruckte das aber nicht. Mit einer schwungvollen Bewegung schlug er David KO. Der Mann kramte ein Seil aus dem Mantel, dieses band er dem bewusstlosen David um den Hals. Dann steckte er das Handy von David ein, und legte das andere Ende an die Verankerung des Deckenventilators. Endlich drehte der Mann sich zur

Kamera und man erkannte Roberto. Er schaltete den Ventilator ein, das Seil wickelte sich auf und David baumelte.

Ich war Fassungslos. „DU SCHWEIN!" fauchte ich Roberto an. Er kam wieder näher, holte aus und bevor seine Faust erneut mein Gesicht küsste wurde er unterbrochen. „STOPP! Wir sind noch nicht fertig mit ihm."

„Ruf Miss Van der Lohe. Es wird Zeit unseren zweiten Gast herzubringen."

## Kapitel 18: Verrat

Die Stille in diesem Hotelzimmer wurde mir fast unheimlich, ja schon fast unerträglich. Sie schürte eine Angst in mir hervor. „Bleib ganz ruhig Marie." ich versuchte mich selbst mit diesen Worten zu beruhigen. Roberto bat mich, hier auf ihn zu warten, aber er hatte nichts davon erwähnt das ich mich nicht umschauen dürfte.

Ganz vorsichtig schlich ich durch das Zimmer, schaute mir jedes Bild mit den Notizen von Roberto an. Fotografisches Gedächtnis .... das war nicht gerade ein Spezialgebiet, aber früher konnte ich mir doch ungewöhnlich viele Dinge in einem bestimmten Zusammenhang merken. So versuchte ich es auch jetzt.

Ich fing an, ein wenig herum zu wühlen. Was sammelte der angebliche Anwalt denn hier alles, fragte ich mich. Nach ca. einer halben Stunde fiel mir plötzlich ein besonderes Bild in die Hand. Ich nahm es und setzte mich in den mit rotem Stoff überzogenen Sessel, der im Zimmer stand. Ich kannte alle Personen auf dem Bild. Von links nach rechts. Es waren David, Paul und Mike! Ich kannte alle aus meiner Schulzeit. Damals war ich sogar in David verliebt. Wenn ich heute darüber nachdachte, dann schämte ich mich ein

kleines bisschen dafür. Weiter fest in meiner Hand
versuchte ich einzuschätzen, wie alt das Bild zu sein
schien. Die Drei sahen schon etwas älter aus, genau
einschätzen konnte ich es jedoch nicht. Dies schien
auch das einzige Bild zu sein, das keine Notiz hatte.
Ich versuchte eine Parallele zu den anderen Sachen
die hier herum lagen festzustellen. Doch es gab keine,
die mir weiter half.

Ich hörte Schritte und Stimmen außerhalb des
Zimmers auf dem Flur. Schnell nahm ich das Bild
faltete es klein und steckte es mir in die linke hintere
Hosentasche.

„Zimmerservice." ich war erleichtert und ging zur Tür
und öffnete sie langsam. Noch bevor ich sie ganz
öffnete, spürte ich einen gewaltigen Tritt. Die Tür
stieß auf, und mich zurück auf den Boden. Eine
schwarz gekleidete, vermummte Person kam in
großen Schritten auf mich zu. Aus reflexartigem
Schutz nahm ich die Hände vor meinen Kopf hoch,
doch dann traf mich ein Schlag und ich wurde
bewusstlos.

Ich weiß nicht wie viel Zeit vergangen war, bis ich
wieder zu mir kam. Meine Augen schmerzten, mein
Kopf tat mir weh, wohl vom Schlag der mir verpasst
wurde.

„Wo bin ich?" fragte ich mit krächzender Stimme, während ich versuchte zu erkennen wo ich war. Keine Menschenseele antwortete, ich schien also alleine zu sein. Je mehr ich zu mir kam und wieder die Kontrolle über meinen Körper bekam, bemerkte ich, dass ich an einen Stuhl gefesselt war.

Es war ein gewöhnlicher Holzstuhl, er knarrte wenn ich versuchte mich zu bewegen. Meine Beine waren an die Stuhlbeine gefesselt und meine Hände nach hinten gebunden. Während ich mich umsah hörte ich ein Tropfen. Durch ein kleines Fenster kam etwas Licht in das Dunkle, und ich erkannte Blut, das auf meine Hose tropfte. Bei dem Schlag der mir verpasst worden war musste wohl eine Wunde entstanden sein, die das Blut und meine Kopfschmerzen erklärten.
Ich versuchte mich umzusehen. Es sah alles nach einem Kellerraum aus. Zu mindestens roch es danach, die feuchte, modrige Luft und der leise Hall während des Sprechens waren Zeichen für mich, in einem Keller eingesperrt zu sein.

Wieder hörte ich Schritte und sofort bekam ich ein Déjà-vu. Es öffnete sich ein Schloss und die Stahltür ging mit einem unerträglichen Quietschen auf. Die Schritte kamen immer näher und ein Schatten warf sich über mich. Meine Augen starrten auf den Schatten. Angst schnürte mir die Kehle zu, ich bekam keinen Ton heraus.

Wortlos wurden mir die Beine von der vermummten Person entfesselt. War es die gleiche Person wegen der ich hier gelandet war? Leider erkannte oder erinnerte ich mich an nichts, woran ich es hätte erkennen könnte. Mit einem gewaltigen Ruck wurde ich hoch gezogen. Ich schrie schmerzerfüllt auf, da meine Hände immer noch gefesselt waren und ich am Stuhl hängen blieb.

Fest gepackt an Armen und Händen wurde ich hinaus gedrängt. Mich zu wehren würde nichts als Ärger hervorrufen, dachte ich mir. Und da ich bereits jetzt um mein Leben bangte, folgte ich dem was man mir wortlos anwies. Wir liefen einen ewig langen Flur entlang, ich stolperte eher über meine eigenen Beine durch die Gegend, als das ich lief, da mein Körper noch geschwächt war von diesen Strapazen.

Im Flur waren Neonröhren angebracht, die alles erhellten und ich somit sehen konnte wohin ich lief. Mitten im Flur gingen wir durch eine Tür hinter der sich ein Treppenaufgang befand. Ich hielt für einen Moment an und blinzelte nach oben, immer wieder lief mir Blut in die Augen, was furchtbar brannte. Dann ging es auf Drängen sofort weiter. Endlose Treppenstufen stiegen wir nach oben, es war sehr anstrengend und ich wurde regelrecht nach oben gehetzt. Mit letzter Kraft stieg ich also weiter die Stufen hinauf, bis mir zu verstehen gegeben wurde, nun anzuhalten. Eine weitere Stahltür durchliefen wir. Ich konnte mich beim besten Willen nicht daran erinnern, wie viele Stockwerke wir nach oben gelaufen waren, bis zu diesem Durchgang. Keuchend versuchte ich nicht aufzugeben. Wir hielten an. Die vermummte Person klopfte kurz und da öffnete sich auch diese Stahltür lautstark. Der Raum war sehr groß, mit hohen Decken an denen sich Gemälde befanden. Wieder wurde ich an einen Stuhl gefesselt, Kerzen wurden angezündet um mehr Licht in den Raum zu werfen. Es musste ein altes Gebäude sein, wenn ich die Decke so betrachtete. Ich war außer Atem und doch noch so voller Adrenalin, um endlich die passenden Fragen zu stellen. „Wo bin ich? Wer seid ihr? Und warum tut ihr das?"

Beide schauten auf mich, da hörte ich ein Flüstern zwischen ihnen und einer der Beiden fing an hämisch zu lachen. An der Stimmfarbe erkannte ich nun, dass dieses Lachen eine Frau war. Die Frau kam mit ihrem Gelächter auf mich zu, blieb stehen ging in die Hocke und nahm ihre Maske ab, da kamen die rot-bräunlichen Haare zum Vorschein, die gleichzeitig aufgingen, da erkannte ich die Mähne.

Olivia!

Sie blickte mir mit eiskalten Augen ins Gesicht. „Hallo Marie!" Ich war geschockt.

„Mit mir hast du wohl nicht gerechnet was?" Sie stand auf, stopfte ihre Maske weg und nahm ihre Waffe in die Hand, die sie mir gegen den Kopf hielt. „Du Miststück dachtest wohl, du kommst mir so davon!?" fragte sie mit einem süffisanten Grinsen im Gesicht. Die Waffe auf meinen Kopf gerichtet schnürte es mir jedes Wort im Mund ab. Die andere Person kam auf Olivia zu und flüsterte ihr etwas ins Ohr. Da ließ sie mit der Knarre ab von mir und zog sich zurück. Ein kleiner Druck fiel ab von mir, dennoch - voller Anspannung blickte ich zu ihr.

„Ich hätte dir gern dein widerliches Gesicht weggepustet Marie, aber ich brauche dich noch!" sprach Oli. Auch in diesem Raum hallte es sehr durch die hohe Decke. Zu diesem Zeitpunkt verstand ich die Welt nicht mehr. „Was habe ich dir getan? Warum das Alles?" mit verzweifelter Stimme sprach ich Olivia an. „Stell nicht zu viele Fragen!" und wieder fing sie an zu lachen.

Jedoch wirkte ihr Lachen diesmal hysterisch. Draußen zog ein Gewitter auf. Immer wiederkehrende Blitze erhellten sekundenweise den Raum, und der Donner war sehr laut zu hören. Ich sah Oli auf mich zukommend und mir schlug mein Herz bis zum Hals. Da verband sie mir die Augen. Sie verließ den Raum, sprach vorher jedoch noch zu der zweiten vermummten Person, sie solle hier bleiben und auf mich achten. Dann fiel die schwere Stahltür ins Schloss, gleichzeitig mit einem Donnerschlag. Es ertönte ein riesiger Krach, mit langem Echo, und schon wieder war es still. Der Regen setzte ein und ich hörte es nur noch plätschern.

## Kapitel 19: Liturgie einer Freundschaft

Eine Krankenschwester kam mit einem Tablette herein, scheinbar war sie den Anblick eines am Rollstuhl gefesselten Gastes gewohnt. Ohne mich eines Blickes zu würdigen lief sie an mir vorbei, direkt auf den dürren Mann zu, half ihm aus dem Sakko und krempelte den rechten Ärmel seines Hemdes nach oben.

Am verknöcherten Arm traten Einstichmale zum Vorschein. Und wie bei einem Heroinsüchtigen waren diese Einstichlöcher schon bläulich umrandet. Auf dem Tablett, das sie sorgfältig auf einen kleinen Beistelltisch gestellt hatte, lag eine Spritze mit einer honigfarbenen Substanz. Die Schwester setzte die Spritze an, der dürre Man ließ den Kopf nach hinten fallen und genoss sichtbar die Behandlung. Nachdem der Spritzeninhalt im Körper des Mannes verschwunden war, machte sich die Schwester daran die Maske abzuschnallen.

Dafür löste sie rechts und links vom Kiefer zwei Schrauben, ein kurzes Zischen war zu hören. Vorsichtig nahm sie die komplette Montur ab und stellte sie auf den Rollwagen. Nun konnte ich endlich sein Gesicht sehen. Aber mein Hauptaugenmerk fiel auf den Schlauch der aus dem Hals raus ragte.

„Bereit Sir?" fragte sie ihn, er atmete tief ein und nickte. Mit einer Drehbewegung und einem kurzen darauf folgenden Ruck zog sie den Schlauch vom Hals ab.

Hustend und nach Luft japsend beugte sich sein gebrechlicher Körper nach vorne. Mit einem Tuch tupfte sie vorsichtig den alten Schweiß und Speichel ab. Gerade als sie ihm einen seidenen Schal umbinden wollte um das Loch am Hals zu verdecken, blockte er sie ab.
„Er soll es sehen." Sie nickte, ohne Widerworte räumte sie alles zusammen und verließ den Raum.

„Hehe, erkennst du mich jetzt? PAUL?" mit einem zahnlosen Lächeln wandte er sich nun mir wieder zu. Als ich meinen angeekelten Blick von dem Loch an seinem Hals lösen konnte, schaute ich in sein Gesicht.

Es lief mir ein Schauer über den Rücken als ich ihn erkannte, leise sprach mein Mund aus, was meine Augen nicht zu fassen glaubten: „Mi..Mike? Bist du es wirklich? Aber, aber wie kann das sein?"

„HEHEHEHE." fing er zu lachen an, seine Augen blitzten auf. Er genoss förmlich mein Erstaunen.
„Da guckst du, was? Ja ich lebe noch, dir war es ja scheinbar egal gewesen, hattest ja Besseres zu tun." er nickte Roberto zu. Roberto drückte eine Taste und

eine selbstlaufende Diashow lief auf dem Laptop ab.
Zu sehen gab es die Bilder von Marie.

Marie beim Einkaufen, Marie im Park, Marie am See,
Marie in diversen Lebenssituationen.

„Ich verstehe nicht, was soll das alles mit mir zu tun
haben?"
Die Diashow ging weiter, immer mehr Bilder von mir
mit Marie, aus der Zeit als wir ein Paar waren,
ploppten auf.
„Klingelt es?" fragte er. „Als ich mit meiner Krankheit
beschäftigt war, und erfuhr dass ich sterben sollte, wo
warst DU da?"
„Als ich immer depressiver wurde und einen Freund
brauchte, wo WARST DU da?"
„Als ich 18 wurde und in eine Klinik verfrachtet
wurde, WO WARST DU DA?"

Er begann zu husten. Scheinbar machte ihm die
Aufregung zu schaffen. Sein Husten wurde immer
energischer, Roberto kam ihm umgehend zur Hilfe. Er
beruhigte sich, klopfte Roberto auf die Schulter, als
Zeichen dass alles in Ordnung sei, und fing erneut an
zu lachen.

„Hehehe, ich sag dir wo du warst." flüsterte er
sabbernd. „Du hast versucht dich an SIE ran zu
machen!" mit diesen Worten deutete auf den

Bildschirm.

Fassungslos saß ich da, das einzige was ich dachte verließ auch gleich meinen Mund. „Was ist nur aus dir geworden?"
„Das hier!" mit einer Geste deutete er auf sein Gesicht. „Oder meinst du das Hier!" und er riss die Arme nach oben als ob er das komplette Zimmer umarmen wollte. „Das werde ich dir erzählen mein Freund."

Mit einem Schmunzeln schielte er auf Roberto. Dieser kam auf mich zu, packte mich an meinen Haaren und zog so, dass mein Hals sich freilegte. Als nächstes spürte ich nur noch einen Stich.

„Das, mein Freund, ist ein starkes Halluzinogen, hehehe, willkommen im Wunderland."

Mir wurde schwindlig. Wie Eis in der Sommersonne begann alles zu zerfließen, sogar der Kopf von Roberto. Doch anstatt seines Schädels kam ein blauer Ara zum Vorschein und mit einem „aarghh Arschkeks" flatterte er davon. Hinter den schmelzenden Wänden kam ein gleißendes Licht zum Vorschein, ich wurde geblendet. Da flatterte der blaue Papagei wieder vorbei und setzte sich Mike auf die Schulter. Der dürre Mike lachte und lachte, immer lauter wurde sein Lachen und ich fühlte, wie ich in das Loch in seinem Hals gezogen wurde. Ich presste die Augen zusammen...

Als ich sie wieder öffnete, stand ich in einem weißen Nichts. Mir gegenüber stand Mike, als 18 Jähriger.

## Kapitel 20: Story of Mike

„Wo sind wir, fragst du dich jetzt oder? Wir sind in deinem Kopf. Alles, was du dir vorstellst, wird auch erscheinen. Aber wir wollen ja nicht auf blöde Ideen kommen, die mich unterbrechen könnten, oder? Naja, gehen wir lieber auf Nummer sicher." Mike machte eine Schnappbewegung mit der Hand und meine Lippen fingen an zu verschmelzen, egal wie sehr ich mich versuchte zu wehren, ich konnte nichts dagegen tun.

„Wir sind zwar in deinem Kopf," fuhr Mike fort, „aber durch die Droge die dir verabreicht wurde, habe ich die Kontrolle über dich. Ach ja, wo fangen wir an..hmmmh... Ich weiß ... am Anfang."

Er schnippte mit der rechten Hand. Während sein Schnippen durch das Nichts halte, standen wir plötzlich an einer Bushaltestelle, an der ein junger, geknickter Mann in den Bus stieg. Es war scheinbar früh am Morgen, denn die Morgenröte war zu sehen. Der Junge schaute sich noch mal um, zog an seinem Inhalator und stieg ein. Er setzte sich an einen Fensterplatz und der Bus fuhr los.

Dann hielt der Bus vor einem großen alten Gemäuer. Die Sonne war inzwischen aufgegangen und man konnte ein Schild neben dem großen Tor des Gemäuers lesen. Mit eingestanzten Buchstaben stand darauf: „Arkham Anstalt" und kleiner darunter: „eine Van der Lohe Stiftung".

In einer Reihe marschierten die Fahrgäste in Richtung Tor. Das Gemäuer schien mal ein Kloster oder ein Schloss gewesen zu sein, mit einem grünen Vorgarten und mit Efeu überwucherten Mauern sah es gar nicht so übel aus. All das hatte etwas einladendes. Ein junger Arzt trat aus der Tür, um seine neuen Gäste zu empfangen.

„Willkommen! Willkommen in Arkham. Ich hoffe euer Aufenthalt wird so angenehm wie möglich sein, ich bin Dr. Harald Stein." Er verneigte sich und bat alle herein.

Wir befanden uns in einem riesigen Foyer, nun wurden die Jugendlichen einzeln reingeholt. Mike war als Letzter dran. In einem Raum mit einem Schreibtisch setzte er sich Dr. Stein gegenüber.

„Und, was bist du für Einer?" fragte er mit schon leicht genervten Blick.
„Ein Toter." antwortete Mike. Da wurde Dr. Stein hellhörig und seine Augen schienen zu funkeln, mit einem verschmitzten Lächeln sagte er „So so, und was,

wenn ich dir die Möglichkeit gebe ein Lebender zu sein?"

„Ich werde langsam ersticken, wie wollen SIE mir da helfen?"

„Naja, sagen wir mal so.." antwortete Dr. Stein „da wo ich herkomme gab es einen Mann, der hat gerne ein paar..." er deutete mit jeweils zwei Finger in der Luft "Experimente" gemacht. Mit diversen homöopathischen und teils auch synthetischen Stoffen, die oft Erstaunliches bewirkten. Du musst mir nur dein Vertrauen schenken und einwilligen."

Mike schaute Dr. Stein emotionslos an. „Ich habe in der Schule aufgepasst. Ich bin kein Idiot und auch keine 12 mehr. Vermutlich sind sie dem Namen nach zu urteilen Deutscher oder sogar vielleicht Jude. Ich persönlich tendiere zu letzterem. Sie wollen verschiedene Drogen an mir testen, gut, mir ist das scheißegal. Aber wenn ich schon das Versuchskaninchen für sie spielen soll, dann will ich ALLES wissen. Ich will wissen was sie mir da reinpumpen, ich will wissen wie man es herstellt. Und vor allem will ich, dass sie mich nicht wie einen der schwer Gestörten behandeln, mit denen ich im Bus saß." Dr. Stein schaute kurz verblüfft, um dann erfreut zu antworten: „Okay, mein junger Freund."

Mike wurde geschoren und diversen Experimenten unterzogen. Egal ob Elektroschock,

Medikamentversuche oder irgendwelche neumodischen Therapien, Mike machte sie alle emotionslos mit. Seine Krankheit wurde zwar aufgehalten, aber blieb.

In seiner Freizeit studierte er die Bücher des Doktors und lernte unter anderem, wie man diverse Halluzinogene, Schmerzmittel, bewusstseinsverändernde und erweiternde Drogen herstellt. Er lernte einen jungen Mann kennen, der ein wenig zu viel Miami Vice gesehen zu haben schien. Es war Roberto. Durch Roberto bekam Mike Kontakte mit Geschäftsleuten. Da Mike inzwischen eine Koryphäe im Mischen und Herstellen diverser Substanzen war, machte er sich schnell einen Namen in der Unterwelt, was Dr. Stein natürlich weniger gefiel.
Als eines Morgens zwei Männer auftauchten und eine intensive Unterhaltung stattfand, willigte Dr. Stein nach 3 gebrochenen Rippen und einem gebrochenem Bein ein, dass Mikes Therapien vorbei seien.

Auf Mike wurde nicht nur die Unterwelt aufmerksam. Auch der Stifter der Anstalt zeigte Interesse an ihm. Mit Hilfe seiner einnehmenden Persönlichkeit und mit der Unterstützung einer Substanz, wurde er Teilhaber des „Van der Lohe Vermögens" und später sogar Besitzer von Arkham. Allerdings hatten sich weder sein Körper, noch seine Krankheit ausgeruht. Er wurde immer schwächer, der Husten wurde stärker, Haare und Zähne fielen aus. Die Drogen fingen an, ihre Dauerwirkung zu verlieren und als er zudem bemerkte, dass sein Körper davon zerfressen wurde, ließ er sich operieren. So wurde er an die Beatmungsmaschine angehängt.

Mit dem Wissen, dass er zwar Geld, Kontakte und besondere Kenntnisse hatte, aber im Spiegel ihm eine entstellte Fratze ansah, wurde er immer depressiver, auch weil er wusste, dass er zwar „Alles" hatte, aber nie würde Liebe lernen können. Zwar kam Roberto immer mal mit ein paar speziellen und hübschen Damen vorbei, doch im Endeffekt waren es nur Huren, die an seine Kohle wollten. Und das wusste er.

Eines Tages erfuhr er von David, und was für einen Weg er gegangen war. Er musste an Früher denken, an die schönen Tage in der Kindheit. Sogar ein Bild von uns Dreien hatte er im Schreibtisch. Aber er musste nicht nur an David und mich denken, sondern auch an Marie. Von Marie ließ er sogar ein Gemälde anfertigen und hing es in seinem Büro auf. Sie wurde auf diese Weise zu seiner Muse, zu seiner Motivation und seinem Anker. Immer wenn er sich das Gemälde ansah, war er wieder der Alte.

Er beschloss, David einzuladen, und David kam auch. Aber nicht wegen ihm, sondern wegen seiner Drogen.

Er erkannte ihn nicht einmal. Mike offenbarte sich ihm bei einem Drink. Davids Reaktion konnte nicht unpassender sein. Wo er vorher noch Respekt und sich unterwürfig verhalten hatte, drehte sich nun sein Verhalten. Er brach in Gelächter aus und verglich ihn sogar mit „Darth Vader".

Damit konnte Mike umgehen, doch womit er nicht umgehen konnte war, als David das Bild von Marie entdeckte. Vom Alkohol beflügelt und dem Glauben bei einem Freund zu sein, begann David zu lästern wie er sie damals misshandelt hatte und sie ihm trotzdem hinterher gerannt war. Und dann erwähnte er noch, dass ich nun mit ihr zusammen sei. Mike vertuschte seine Reaktion unter einem Lachen, seine Augen verrieten aber, dass David einen Fehler begangen hatte.

Der alte Mike hätte ihm sofort aufs Maul gehauen. Doch dieser Mike war anders, gefährlicher. Er machte einen Deal mit David, und ging darauf ins Bett. Was aus David geworden ist, ist mir ja inzwischen bekannt. Aber David hatte nicht nur ihn verspottet und Marie deklariert, er brachte auch mich ins Spiel. Mike ließ nach mir und Marie suchen.

Die Vergangenheits-Tour wurde unterbrochen und wir waren schlagartig wieder im weißen Nichts. Mir gegenüber Mike, aber nicht der 18 Jährige, wie zu Beginn, sondern sein jetziges, dürres Äußeres.

„Und so sahen wir uns wieder mein Freund." er
lächelte und machte eine schwungvolle Bewegung mit
dem Finger. Meine Lippen waren wieder da, scheinbar
erlaubte er mir wieder zu sprechen.

„Und warum erinnere ich mich nicht daran?" fragte
ich.
„Weil ich gut bin." erwiderte er mit einem teuflischen
Grinsen.

## Kapitel 21: Die Eifersucht

Der Regen fiel sintflutartig herab. Ich versank mit hängendem Kopf in Gedanken. Warum tat sie das? Was hatte ich meiner angeblichen Freundin Olivia nur angetan?
Hier in diesem Gebäude ging mein Zeitgefühl verloren. Ich weiß nicht wie lange es dauerte, bis die Tür wieder aufging. Leicht dösend nahm ich die Geräusche an der Tür erst gar nicht wahr, erst die herannahenden Schritte machten mich wieder aufmerksam. Ich hob den Kopf. Zum Teufel noch mal, Roberto? Er steckte mit Olivia unter einer Decke? Wenn meine Hände nicht gefesselt gewesen wären, hätte ich sie gerne genutzt um mich selbst zu kneifen.
„Senorita, willkommen! Wie ich sehe bist du also angekommen."
„Du verdammter Narr," entgegnete ich zynisch „warum bin ich hier?"
Eine Strähne von meinem Haar hing mir ins Gesicht. Roberto kam auf mich zu, beugte sich nach vorn und strich mir mit einem Finger die Strähne aus dem Gesicht, während er mir zu flüsterte „Wir werden bald das Geheimnis lüften und werden noch sehr viel Spaß miteinander haben." Ruckartig wich ich mit meinem Kopf zurück.

„Finger weg, du widerst mich an." Da holte er aus, und bevor seine Hand mein Gesicht berührte kam Olivia in den Raum. Sie trug Schuhe mit Zentimeter hohen Absätzen und einen Ganzkörperanzug aus Leder. Fast konnte man meinen, sie sei eine Domina. Fehlten nur noch Maske und Peitsche. Meine Augen suchten nach der Waffe, die sie das erste Mal bei sich hatte und auf mich richtete, doch diesmal schien sie keine dabei zu haben.

„Da bist du..." Sie ging schnurstracks auf Roberto zu, der von mir Abstand nahm und sich ihr zuwandte. Die beiden küssten sich. Mit verdrehten Augen versuchte ich mir meinen Würgereiz zu unterdrücken. Meine Handgelenke schmerzten durch die mit einem Seil gefesselten Händen. Mich loszureißen war hier zwecklos, jemand machte seine Arbeit sehr gut, denn ich konnte meine Hände kaum bewegen.

„Was habt ihr vor?" mit zittriger Stimme halte dieser Satz durch den Raum. Olivia wandte sich mir zu: „Dann wollen wir dich mal aufklären." Sie nahm sich einen Stuhl, drehte ihn mit der Lehne nach vorne und setzte sich genau mir gegenüber.

Ihr Blick war sehr glasig, als ob sie unter Drogen stehen würde. „Hast du wirklich gedacht, du kommst so einfach davon?" Hämisch grinste sie mir direkt in mein Gesicht. „Ich hätte die Stelle als freie Journalistinn haben sollen, sie stand mir zu als Redakteurin..." ich verstand im ersten Moment nur

Bahnhof, mein Hirn fing an zu rattern, so laut dass man es in der Stille im Raum sicher hätte hören müssen. Da fiel es mir wie Schuppen von den Augen. Olivia konnte es nicht verkraften, dass ich einmal im Leben die Gewinnerin gewesen war. Der Job als freie Journalistin hatte mir viele neue Wege eröffnet, eine bessere Bezahlung, neue Kontakte und vor allem, durch diese Arbeit in der Öffentlichkeit zu stehen. Und für sie blieb "nur" die Arbeit als Redakteurin.

Das war Olivia nicht genug. Sie wollte den Ruhm, sie wollte hoch hinaus, doch mit etlichen Männern ins Bett zu steigen und Daddy für alles bezahlen zu lassen, hat es dann doch nicht zu den gewünschten Erfolgen erbracht. Ihr Blick war starr auf mich gerichtet, fast sollte man meinen sie wolle mich mit ihren Augen vergiften.
„Schau dich an Olivia, was ist aus dir geworden?!" Ich sprach leise aber sehr genau und erwiderte ihren Blick. „Was steckt schon für eine Frau hinter der Fassade, verbraucht und keinerlei Wissen über das Leben, für dich waren doch immer nur die Männer, der Erfolg, und das Geld deines Vaters Statussymbol, aber was im wirklichen Leben passiert, davor hast du immer die Augen verschlossen."

Olivia kniff ihre Augen zusammen, und dann traf mich ihre Handfläche mitten ins Gesicht. „Du redest nicht noch einmal so mit mir, hast du mich verstanden?"

Meine Wange prickelte und glühte. Meine Haare
verfingen sich durch die Wucht des Schlages wieder in
meinem Gesicht. Durch ein paar Strähnen hindurch
sah ich zu Roberto „Und du? Was hast du mit Paul
gemacht? Ihr seid so ...."
„Haaaa, sei lieber still!" ermahnte er mich zynisch.
„Das reicht!" Olivia stand auf, schmiss den Stuhl in
eine Ecke, der beim Landen ein Bein verlor und
dadurch für eine Menge Lärm sorgte. Ein kurzes
Zucken durchflutete meinen Körper vor Schreck.
„Es wird Zeit für unseren Auftritt Roberto, nimm sie
mit, wir werden erwartet."
Roberto half mir auf und wir liefen durch das
Gebäude. Vor mir lief Olivia, Roberto seitlich neben
mir, der mich mit seinen Händen an Schulter und Arm
fest hielt und führte. Immer wieder tropfte Blut aus
der Wunde an meinem Kopf. Doch es scherte
niemanden, dass die Wunde hätte versorgt werden
müssen. Den Schmerz spürte ich mittlerweile schon
gar nicht mehr, mein Körper war ausgelaugt, und ich
spürte rein gar nichts mehr.

Die Schuhe von Olivia gaben ein Echo ab, was überall
zu hören sein musste. Es hallte im ganzen Gebäude,
doch plötzlich wurde der Ton dumpfer, so als ob der
Ton ihrer Schuhe sich immer weiter entfernte,
obwohl sie vor mir lief. Ich kämpfte mit den letzten
Kräften, die drohten sich zu verabschieden. Mein
Mund war mittlerweile so trocken, man hätte meinen

können, ich schluckte nur noch Staub herunter. Wir kamen in einen Raum, in dem Paul in einem Rollstuhl saß. Sein Kopf hing herunter, seine Augen waren geschlossen, es schien als ob er schliefe, doch ich befürchtete Schlimmeres. Sie setzten mich neben ihn, und wieder fesselten sie mich. Da sah ich einen weiteren Mann, er sah sehr gebrechlich aus, atmete sehr schwer und laut durch ein Loch in seinem Hals, das mich etwas anwiderte. Auch er sah aus, als ob er bewusstlos schien. Was war hier nur geschehen?!

## Kapitel 22: Der Schmerz

„Paaaul, Paaaauul, aufwachen mein kleiner Prinz!"
hörte ich eine liebliche Frauenstimme. Als ich die
Augen langsam und benebelt öffnete, sah ich nur
verschwommen eine Silhouette die mir zwar bekannt
vorkam, ich aber nicht einordnen konnte. Ich blinzelte
und strengte meine Augen an um wieder scharf sehen
zu können. Wir waren wieder in der Realität. Genauer
gesagt im Büro von Mike. Roberto lehnte am
Schreibtisch, Mike saß immer noch im Ohrensessel
und die Dame die mich so lieblich geweckt hatte,
stolzierte in einem schwarzen Catsuite umher.
Zugegeben, es gibt schlimmere Arten aufzuwachen.
Sie wusste, wie sie sich darin bewegen musste, damit
Blicke ihr folgten. Aber trotz allem kannte ich sie
irgendwoher.

„Schluss jetzt!" ertönte es von Mike, der hustend auch
wieder zu sich kam. Roberto war sofort zur Stelle, um
ihn mit einem Glas Wasser zu versorgen. Als er
wieder voll da war fuhr er fort: „Hör auf hier herum
zu huren mit deinem Outfit. Du weißt genau was
passiert, wenn sein Blutdruck zu schnell steigt. Also
pack deine Titten und deinen Arsch wieder ein, die
hat eh schon jeder gesehen."

„WAS FÄLLT DIR Ei..." fauchte sie Mike entgegen, ehe

er sie erneut unterbrach: „Ich glaube DU vergisst mit wem du redest. Oder hast du Bock wieder einen kalten Entzug durchzumachen. Deine Zelle ist jeder Zeit für dich bereit mein GELIEBTES WEIB." Sie versteinert kurz, um daraufhin ohne Widerworte sich einen Labormantel umzuwerfen, aber sie ließ es sich nicht nehmen, als kleines Zeichen der Rebellion, ihre Brüste so zu platzieren dass man immer noch einen Blick auf sie hatte. Roberto schmunzelte.

Erst jetzt fiel mir auf das neben mir noch jemand war. „MARIE!?" fuhr es aus mir heraus. „Was soll das! Lass sie gehen, sie kann doch gar nichts dafür. Du hast doch gesagt, dass du immer was von ihr wolltest, also lass sie in Ruhe verdammt."

„Sie in Ruhe lassen?" fragte Mike „SIE ist der Grund für mein Leiden, hast du das noch immer nicht kapiert?" Seine Atmung wurde schwerer, scheinbar machte sich seine Krankheit immer dann am stärksten bemerkbar, wenn er sich aufregte.

„Immer wenn ich sie sehe, oder an sie denken muss, werde ich an den Schmerz erinnert. Der Schmerz wenn das Herz zerbricht. Dieser Schmerz, der einer glühenden Klinge gleichkommt, die sich langsam in das Herz bohrt, unaufhörlich immer tiefer und tiefer. Der Schmerz, der deine Kehle zuschnürt, so dass du versuchst, nach Luft zu schnappen, sie dir aber verwehrt wird. Der Schmerz, der dann schlussendlich mit einem gefühlten Ruck einfach dein Herz rausreißt."

Er hustete und keuchte immer mehr: „SIE ist der Tumor meiner Vergangenheit, und um meine Vergangenheit zu begraben muss der Tumor entfernt werden."

„DANN MACH ES SELBST!" schrie ich Mike an. Entsetzt und mit großen Augen schaute mich Marie an. Das hatte sie scheinbar nicht erwartet. Wie denn auch, sie wusste bestimmt nicht, was hier ablief. „DU SELBSTSÜCHTIGES SCHWEIN!" Das hatte gesessen. Mike griff sich schmerzverzerrt an die Brust. Roberto und Olivia eilten sofort zu ihm rüber. „RUF DEN DOK!" fauchte Olivia Roberto an, der daraufhin wie wild auf einen roten Knopf hämmerte, der direkt neben dem Ohrensessel von Mike an einem Kabel baumelte. Olivia versuchte indessen, ihm seine Atemmaske aufzusetzen. Mike begann zu hyperventilieren.

„VERRECKST DU JETZT? EINFACH SO? WIE LÄCHERLICH!" Das war scheinbar zu viel. Roberto antwortet mit seinen Fäusten für ihn. Immer wieder hämmerte er mir mit der Faust ins Gesicht. Ich spürte, wie mir die Lippe aufplatzte, hörte wie mein Nasenrücken nachgab und brach und ich schmeckte den metallischen Geschmack meines eigenen Blutes. Erst als Marie anfing zu schreien hörte er auf. Er verpasste ihr eine mit der Rückhand.

Scheinbar hatte ich kurz das Bewusstsein verloren, denn plötzlich stand ein Arzt im Raum, der Mike eine Spritze in den Hals setzte. Es war Dr. Stein.

Es vergingen gerade mal zwei Minuten. Mir kam es vor, wie es Stunden gewesen wären. Im Zimmer herrschte Stille. Regen prasselte gegen die Fensterscheibe. Olivia saß mit verschränkten Beinen auf dem Schreibtisch und ließ sich von Roberto eine Zigarette anzünden. An seinen Knöcheln hingen noch Reste von meinem Gesicht. Mein rechtes Auge war inzwischen zu geschwollen. Ich drehte den Kopf zu Marie, regungslos saß sie gefesselt neben mir. Haarsträhnen umschmeichelten ihr Gesicht und selbst in diesem Zustand sah sie für mich aus wie ein schlafender Engel. Als ich sie mir so ansah bemerkte ich, dass sie am Kopf blutete.

Ich versuchte mich bemerkbar zu machen „Hey hey fie blutet, helft ihr, bivve helft ihr." Olivia stand vom Schreibtisch auf und ging auf sie zu. Sie griff ihr mit der Hand an den Unterkiefer und begann ihren Kopf zu drehen und zu begutachten.
Sie begann zu lächeln: „Das hat die Schlampe verdient." und spuckte ihr ins bewusstlose Gesicht.

„Du Schlamfe!" ich versuchte mich loszureißen, um mich schützend vor Marie zu werfen. Doch Olivia lachte mich nur aus. Sie schaute mich grinsend an und drückte ihre Kippe auf der Wange von Marie aus. Ich gab auf und musste erkennen, dass wir diesen Psychopathen ausgeliefert waren.

## Kapitel 23: Leidenschaft

Im Raum war Totenstille eingetreten.
Erst jetzt begriff ich, dass der gebrechliche Mann Mike war, der sich mit Olivia und Roberto zusammen tat.
Das einzige Geräusch was man hörte war Mike. Das Atmen fiel ihm sichtlich schwer, der Arzt der bei ihm war drückte ihm die Maske auf das Gesicht, erst auf den zweiten Blick bemerkte ich, dass der Arzt ein blaues Auge hatte. Die Spritze, die Mike bekam, schien allmählich zu wirken und nach und nach beruhigte er sich.
Aus den Augenwinkeln sah ich zu Paul rüber, dann drehte ich den ganzen Kopf zu ihm.
Wir sahen uns an, und die Tränen liefen mir über mein Gesicht und direkt in die Brandwunde, die Olivia mir mit ihrer Fluppe zugefügt hatte. Es brannte höllisch, doch ich konnte nicht aufhören zu weinen.
„Seht sie euch an, sind die beiden nicht süß?!" Olivias Sarkasmus ließ alle Blicke auf mich und Paul richten, wie wir uns ansahen.
Mikes Atemrhythmus war für seine Verhältnisse wieder normal, doch sobald er anfing zu sprechen, hustete er.
„Keine weiteren Anstrengungen für ihn." befahl der Arzt und sah Roberto und Olivia mürrisch an. „Wir haben hier noch etwas zu erledigen und müssen bis dahin alle bei Kräften bleiben!" Der Arzt verließ den

Raum.

Es vergingen einige Minuten, in denen Mike immer mehr zu Kräften kam. Er bat Roberto, ihm beim Aufzustehen zu helfen.

„Hast du nicht gehört was Dr. Stein gesagt hat," –

„Du hilfst mir jetzt oder ich tu es selbst!" Roberto kam widerwillig auf ihn zu und zog ihn hoch. Man sah Mike an, wie er sich quälte und doch war er voller Willen. Roberto griff Mike unter die Arme und half ihm einige Schritte zu laufen. Sie kamen auf mich zu. Mike röchelte aus dem letzten Loch, im wahrsten Sinne des Wortes.

„Du bist das Gift in meinen Adern, Marie. Und es wird nun Zeit zu entgiften!" In diesem Moment sackte er zusammen und Roberto forderte Olivia brüllend auf, einen Rollstuhl zu bringen. „Das reicht, er muss erst wieder zu Kräften kommen." Roberto wurde etwas hektisch, bis Olivia endlich den Rollstuhl brachte. „Wir bringen ihn hier erst einmal weg, du übernimmst das."

Olivia nickte und schob Mike samt Sauerstoffflasche aus dem Raum.

Ich sah Paul wieder an, der noch immer gefesselt im Rollstuhl saß.

„Ich weiß nicht was ich sagen soll, Paul. Ich bin vor Not ganz stumm. Das was ich befürchte wird hoffentlich nie geschehen. Ich weiß nicht wie es weitergeht, ich kenne keinen Weg hier raus... " sehr leise und unter Tränen sprach ich zu ihm. „If fon gut." versuchte Paul mich zu beruhigen.

Ich sah zu Roberto, der an der Tür des Raumes stand und Olivia mit Mike half. Dann schloss sich die Tür und Roberto drehte sich zu uns um. Er schaute mir direkt in die Augen. Sein Blick war sehr niederträchtig, als ob er etwas vorhatte.

Er nahm sein Handy in die Hand und telefonierte. Er sprach so leise, dass ich nicht hörte was er sagte. Zwei Minuten später standen zwei Männer im Raum. Zwei Riesen. Dem Anschein nach sahen die beiden aus, wie Pfleger aus einem Krankenhaus. Roberto besprach sich kurz mit ihnen. Sie hörten ihm aufmerksam zu, sprachen jedoch kein Wort, sie nickten nur zustimmend mit dem Kopf. Beide waren sehr groß und kräftig und dazu noch kahlköpfig, man hätte von weitem meinen können, es seien Zwillinge.
Die beiden Bären kamen auf Paul und mich zu und befreiten uns von den Fesseln. Meine Hände waren von Schrammen bedeckt, die durch die Reibung der Fesseln entstanden waren. Sie brachten uns in den Keller zurück, anstandslos führten Paul und ich das aus, was uns befohlen wurde. Dieses Verließ war noch viel schlimmer als in meiner Erinnerung. Dunkel, feucht, verlassen, stickige Luft. Nur ein kleines Fenster, das etwas Licht spendete. Dieser Stuhl kam mir jedoch sehr bekannt vor: hier hatte ich gesessen,

bevor sie mich zu Mike und Paul gebracht hatten.

Ich drehte mich zu Paul um, seine rehbraunen Augen sahen mich von oben bis unten an. „Es ist lange her," sprach er, während er auf mich zu kam. Er setzte sich auf den Stuhl. „Die Umstände hätten anders sein können.." mit verzweifeltem Blicken starrte ich Paul an. Er sah immer noch gut aus. Genau wie früher. Den Tränen wieder nahe stierte ich ihn an. Er atmete tief ein und aus, als ob er so seiner Verzweiflung Luft machen wollte.

Zärtlich nahm er meine Hand und streichelte sie: „Marie, auch wenn es lange her ist, und auch nicht immer alles gut war, hast du mir doch gefehlt! " ich streichelte seinen Kopf. „Ich weiß Paul, ich weiß. Ich kenne dich!"
Ich ging in die Hocke, um auf Augenhöhe mit ihm zu sein, da bat er mich, mich auf seinen Schoß zu setzen. Mich überkam eine wunderbare Gänsehaut, wie ich sie schon lange nicht mehr spürte. Trotz der Situation in der wir steckten fühlte ich mich wohl in seiner Nähe. Ich setzte mich auf seinen Schoß, sah ihn an und bemerkte erst jetzt, wie viele Wunden er bereits davon trug. Ich streichelte über jede einzelne seiner Schrammen und Wunden, so als ob ich sie heilen könnte... die Schwellungen und Prellungen.... unsere Augen trafen sich in diesem Moment, und noch bevor

ich ihm sagen konnte wie sehr ich das alles vermisste, spürte ich seine Hand in meinem Nacken die mich sanft runter drückte. Und wir küssten uns zärtlich. Leicht hatte ich den Geschmack von Blut in meinem Mund, was mir aber weiter nichts ausmachte. Seine Hände streichelten meinen Nacken runter, bis unter mein Shirt und über meinen gesamten Rücken, als ob er erkunden wollte, ob alles so war wie er es kannte. Unsere Küsse wurden leidenschaftlicher. Es kam mir vor, als ob Paul jede Verzweiflung, jeden Schmerz in Leidenschaft umwandelte. Ich roch an ihm und küsste ihn so intensiv wie ich es vorher nie tat. Mit einem Bein auf jeder Seite setzte ich mich fest auf ihn. Meine Finger spielten sich unter seinen mittlerweile zerrissenen Pullover. Es wurde etwas wilder zwischen uns, er zog mir mein Shirt über den Kopf, nachdem ich ihm seinen Pullover ausgezogen hatte. Kurz hielt ich inne. Dabei entdeckte ich noch mehr Schrammen und blaue Flecken an seinem Körper. „Was haben sie nur mit dir gemacht?!" Betrübt blickte ich auf seine Wunden. Zärtlich küsste ich seine blauen Flecken. Ich umarmte ihn und genoss jede Minute mit Paul. Was wir nicht hörten, wir bekamen unerwarteten Besuch....

## Kapitel 24: Willkommen zu Hause

„Sssh still" flüsterte ich leise Marie zu „Ich habe etwas gehört." Marie schaute mich an, in ihren Augen konnte ich förmlich Zorn, Trauer, Angst und Enttäuschung lesen. Verständlich, warum gerade jetzt? Während unserem Moment der Zweisamkeit, jenseits von jedem Raum und Zeitgefühl. Es gab nur sie und mich, ihren Duft, ihre Berührungen, das Gefühl ihrer seidig, sanften Haut auf meiner.

Mich wunderte es, dass ich überhaupt etwas wahrgenommen hatte. Ich blickte ihr noch einmal tief in die Augen und sie in meine. Wir wussten Beide, es könnte das letzte Mal gewesen sein. Und nach einem letzten Kuss auf ihre weichen Lippen hauchte ich ihr ein „Vertrau mir." ins Ohr.

Wir zogen schnell und leise unsere Sachen wieder an. Der Lichtspalt unter der Tür, der durch zwei Schatten gestört wurde, verriet uns, dass jemand davor stand. Jede Sekunde konnte jemand hereinkommen.

Mit ernster Miene erklärte ich Marie meinen Plan „Wir machen's wie im Film. Wenn ich dir ein Zeichen gebe fängst du an zu schreien, ich schleiche mich an die Seite von der Tür und überwältige ihn sobald er reinkommt."

„Aber Paul," unterbrach sie mich „wir sind nicht in einem Film, und hast du dich mal angeschaut?"

„Gruß von meinem Ego: danke soll ich sagen." Sie hatte aber recht. Ich war kein durchtrainierter Athlet. Und ich hatte in letzter Zeit ziemlich viel einstecken müssen.

„War doch nicht so gemeint" entschuldigte sie sich.

„Ist schon gut, du hast ja Recht. Schau dich um, vielleicht finden wir etwas, das wir als Waffe verwenden könnten." antwortete ich und versuchte in der Dunkelheit etwas zu erkennen.

Da erklärte Marie, dass sie in diesem Raum schon einmal war und dass sie sich erinnerte, dass hier ein Stuhlbein liegen müsste. Kaum hatte sie es erwähnt, hatte ich es auch schon ertastet. „Okay, so wie ich es gesagt habe, vertrau mir." lächelte ich sie an, in der Hoffnung, sie würde nicht bemerken wie viel Schiss ich in Wahrheit hatte. Ich schlich an die Tür und gab ihr ein Zeichen.

Marie legte los. Sofort sprang die Tür auf und es kam jemand herein. Mit einem Satz sprang ich auf ihn zu, schwang meine improvisierte Keule, holte aus, presste meine Augen zu und schlug so fest zu wie ich konnte. Doch anstatt des erhofften Aufpralls hing ich plötzlich in der Luft.

Ich öffnete die Augen, es war Mr. Smith. Mit seiner Pranke hatte er meinen Arm abgefangen und hielt mich so in der Luft. Ich versuchte, ihm ins Gesicht zu treten, doch der Kerl war schneller als ich dachte. Seine andere Hand packte mein Bein. Langsam begann er mich auseinander zu ziehen. Ich spürte, wie meine Gelenke beinahe auskugelten, nur ein Ruck und er würde mich sprichwörtlich in der Luft zerreißen.

„Hör sofort auf!" wie ein kleines Kind das eine Anweisung von seiner Mutter bekam hörte er schlagartig auf, an mir zu ziehen und schaute verdutzt drein. Es war Marie, die mich rettete. Mit erhobenem Zeigefinger gab sie dem Hünen, der jetzt wie ein zu groß geratener Welpe herüber kam, weitere Anweisungen. „NEIN! Leg das hin." Mit einem Dackelblick ließ er mich einfach fallen. Marie schimpfte weiter mit ihm: „Böser Junge." nun tat er mir fast ein wenig leid, er kniete sich hin und hielt schützend seine Hände vor sein Gesicht, als wenn er damit rechnen würde geschlagen zu werden.

Mich beschlich der Verdacht, dass er Marie durch das Bild in Mikes Büro wieder erkannt hatte und wahrscheinlich gemerkt hatte, wie wichtig Marie für sein Herrchen war.

„Böser, BÖSER Junge." Marie fing scheinbar an, Gefallen daran zu finden. „Hör auf Marie, er fängt doch gleich an zu weinen." versuchte ich sie aufzuhalten.

„Ich JETZT Lieb." erstaunt sahen wir uns an. Der Große konnte reden: „Nicht mehr schimpfen.... BITTE?" –
„Schon gut, Großer." Marie ging nun mit offenen Armen auf ihn zu.

„Wir sind nicht im Film", hatte sie vorhin gesagt „Und jetzt so etwas Kitschiges." murmelte ich. Marie warf mir ein Blick zu, der unmissverständlich bedeutete: Halt die Fresse Paul. Und ich wusste, dass ich besser dran war, dem Folge zu leisten.

„Kannst du uns hier weg bringen?" fragte sie Mr. Smith. Der schüttelt aber den Kopf „Will kein Aua mehr." Er war wie ein 3 jähriger im Körper von Hulk und mit genauso viel Kraft. Marie nahm ihn in den Arm und gab ihm ein Küsschen auf die Stirn. Beflügelt durch Marie sprang der Riese auf: „Aber Ich KANN helfen ... JA?" Marie lächelte, ein Lächeln für das man sterben würde.

„Komm MIT!" zeigte er und winkte mit seiner Handfläche. Als ich aufstand um mitzugehen, schlug sein Gemüt aber schlagartig um. „DU NICHT!" und er

stieß mich zurück. Wieder ging Marie dazwischen
„NEIN! Paul ist ein FREUND, verstanden?"

Er sah mich mit heruntergelassenen Mundwinkeln an
und nickte: „FREUND.... Okay."

Da jetzt alles geklärt war, machten wir uns auf. Aber
anstatt wieder nach oben, gingen wir nach unten,
genauer gesagt eine Etage nach unten. Hier sah der
Gang nicht besser aus. Ein weiterer langer, grauer
Gang mit Neonleuchten behangen und Metalltüren. Es
waren geschätzt sieben Räume. Drei an der linken
und drei an der rechten Seite, der siebte Raum war
am Ende des Ganges und hatte eine metallene
Doppeltür. Mir begann die Nase zu laufen. Und als ich
sie an meinem Ärmel abschmierte bemerkte ich, dass
es Blut war. Umso näher wir der siebten Türe kamen,
umso mehr begann mir schwindelig zu werden. Ich
merkte, wie mein Kopf anfing zu dröhnen, bis
schließlich meine Beine nachgaben und ich
zusammensackte. Sofort war Marie an meiner Seite
„Paul?!" Als ich die Angst in ihren Augen sah konnte
ich nicht anders. Jetzt erst recht dachte ich und fing
an, meine Kräfte zu sammeln, um wieder auf die Beine
zukommen. „Komm, hilf mir mal Freund." winkte ich
unseren großen Freund zu mir „Ich muss wissen was
in diesem Raum ist".
„Nein ... Nein.. Raum böse, macht Blitze und
Vergessen." weigerte er sich. Dann eben aus eigener

Kraft. Ich stützte mich an der Wand ab und ging weiter. Endlich erreichte ich die Doppeltür. Mein Kopf pochte, als ob er gleich explodieren würde. Allein, die Augen offen zu halten, schmerzte mich schon unerträglich. "Reiß dich zusammen!". Immer wieder sagte ich mir diesen Satz. Ich stand nun vor dem Raum, mir drohte schwarz vor Augen zu werden. Da bekam ich Unterstützung. Jemand griff mir unter die Arme und nahm meinen Arm über seine Schulter. Es war Marie. Meine tapfere Marie, wie viel hatte sie schon wegen mir leiden müssen und nun- „Kuck nicht so, du willst da rein? Auf geht's."
„Meine Löwin-" dachte ich und begann zu lächeln. Zusammen schritten wir durch die Türen.

Ein gleißendes Licht blendete uns. Erst als sich unsere Augen daran gewöhnt hatten, erkannte ich: wir standen in einem kuppelförmigen Raum. An der Decke hingen im Kreis Flutlichtstrahler, frontal vor uns befand sich ein riesiger Monitor. Am Boden waren Verankerungen zusehen, schwere Metallösen, die in den Boden eingelassen waren und über Ketten miteinander verbunden schienen. Ebenfalls auf dem Boden lagen Kopfhörer. Rechts von der Eingangstüre ging eine Metalltreppe nach oben zu einem Gerüst, das oberhalb der Konstruktion zu schweben schien. Darauf waren Schaltpulte angebracht, vermutlich zum Steuern der Anlage.

Hatten sie hier .... ich konnte den Gedanken nicht mal zu Ende bringen, weil ich ein Geräusch wahrnahm, was sich anhörte, als würde eine Waffe entsichert werden. Im nächsten Moment wurde sie mir auch schon an den Hinterkopf gehalten: „Hallo Mr. Enka." sagte eine mir wohl vertraute Stimme.

Es war Dr. Stein, in Begleitung von Roberto. Und Roberto hielt mir die Waffe an den Kopf. „Willkommen zu Hause."

Ich nahm die Hände hoch, Marie tat es mir gleich. Unser neuer Freund hingegen stand einfach nur da und wusste nicht was er machen sollte, bis Roberto ihn an fauchte. „Du Vollidiot solltest auf sie aufpassen! Nicht herumführen, auf geht's in Dr. Steins Büro."

In seinem Büro angekommen, setzte sich Dr. Stein hinter seinen Schreibtisch. Marie und ich nahmen davor Platz, Roberto zielte immer noch auf mich. Mr. Smith stand in der Ecke und betrachtete das Szenario.

„Ich will jetzt endlich wissen was hier abgeht, mir reicht es, was haben sie mit mir gemacht? Und was soll das alles? Und was ist euer Problem mit UNS?" mir war egal ob Roberto eine Waffe auf mich richtete, ich war es leid. Wir würden hier sowieso nicht lebend rauskommen, dachte ich mir.

Dr. Stein saß uns gegenüber, legte die Fingerspitzen beider Hände aneinander, schaute uns an, und begann:

„Also, was hier abgeht ist...sie befinden sich in einer Anstalt für Geisteskranke. Sonderfälle der Gesellschaft und Ausgestoßene. Ach so, experimentelle Wissenschaften führen wir hier ebenso durch wie medikamentöse Experimente. Sie, Mister Enka, sind ein alter Freund des Leiters dieser Anstalt, dieser war mal mein Schüler, hat aber wie Ikarus seinen Meister überflügelt. Tja, und ist jetzt mein Boss. Da diese Anstalt überall Kameras installiert hat, wussten wir genau wo sie sind und - ja, auch ihr Techtelmechtel haben wir gesehen." Marie errötete leicht.

„Was haben wir mit ihnen gemacht .... Nun." Er stockte kurz, als ob er überlegte ob er es sagen sollte oder nicht, aber dann erklärte er weiter: „Also der Raum, den sie vorhin sahen, war einer unserer experimentellen Kammern." als er es aussprach deutete er mit jeweils zwei Fingern in die Luft. „Durch sogenannte Lichtimpulse wird ein Subjekt, das vorher am Boden fixiert wird, stimuliert. Um ihn dann durch Bild und Ton so zu beeinflussen, dass seine Persönlichkeit geändert wird."

„Auf Deutsch," fing Roberto an „wir haben dein Hirn gelöscht und dich dann neu programmiert."

„Programmiert? Auf was?" fragte Marie.

„Tja." antwortete Dr. Stein nun wieder „Herr Enka hier, wurde darauf programmiert, das jedes Mal wenn er einen blauen Ara sieht, nur noch ein Ziel kennt, und das ist, meine Liebe, SIE zu töten. Leider hat es nicht geklappt und Herr Enka hier hat stattdessen jemand anderen erwischt. In seiner Panik ist er aber dann brav nach Hause gekommen. Wo wir ihn wieder löschten. Leider haben wir nicht bedacht, dass das menschliche Gehirn eben ein Organ und keine Festplatte ist. Dadurch entstanden -nennen wir es mal so: „ein paar Nebenwirkungen". Wir legten ihn auf Eis, aber dadurch, dass er von den Behörden geschnappt wurde, wären wir beinahe aufgeflogen, aber das beheben wir demnächst auch."

„Ja, deshalb ist er jetzt ein bisschen schizo, wenn er einen blauen Papagei sieht." fiel Roberto Dr. Stein wieder ins Wort. Der inzwischen von den Zwischenrufen von Roberto merklich angefressen wirkte, nun dennoch aber weiter sprach: „Sie müssen gerade was sagen, Ihre Krankheit haben wir ja auch noch nicht geheilt."

Nun war Robertos Temperament geweckt: „Homosexualität IST keine Krankheit verdammt."

„Naja, das glauben SIE." erwiderte Dr. Stein. „Ich bin ja mal gespannt wie es mit ihrer Loyalität ausschaut, wenn ich sie erst einmal kuriert habe."

„Moment," hakte ich nach „unser Callboy ist schwul und in Mike verliebt?"

„Halt die FRESSE!" nun übernahm das Temperament komplett die Kontrolle über Roberto.
„Ich fick gleich deine Alte vor deinen Augen, dann sehen wir, wer eine Schwuchtel ist." immer aufgeregter fuchtelte er mit der Waffe vor meinem Gesicht herum.

Da stieg nun Marie mit ein: „Du willst mich ficken? Vielleicht, wenn ich mir einen Schnauzbart anklebe. Du bist doch gar nicht männlich genug dafür. Wahrscheinlich bist du die Frau für Mike, wie oft hat er dir schon ins Maul geballert?"

WOW, das war ein wenig zu viel. Roberto verlor nun endgültig die Kontrolle. „DU VOTZE! Dafür mach ich dich kalt." er stürmte auf Marie zu und drückte ihr die Waffe ins Gesicht: „MACH dein verdammtes Maul auf, du Schlampe! Ich baller dir jetzt ins Maul." Doch dazu kam es nicht. Marie hatte jetzt ja nun einen Beschützer, einen großen starken Beschützer, der es gar nicht mochte, wenn seine Ersatzmutter angegriffen wurde. Mit einem Satz packte er sich

Roberto.

„Du dummer AFFE, was tust Du..." Mr. Smith schaute Marie an.

Marie nickte und das Letzte das man hörte, war ein kurzes Knacken.

Dr. Stein drückte panisch auf den Alarmknopf. Ich schnappte mir Robertos Waffe und zielte nun auf den Doktor. Da sprang die Türe schon auf und zwei Wärter, die in Größe und Kraft Mr. Smith in nichts nach standen, kamen rein.

„Pfeifen sie ihre Gorillas zurück!" drohte ich dem Doktor.

„Damit sie mich in Ruhe erschießen können, und dann abhauen? Niemals!"

Die Wärter schnappten sich Mr. Smith und jagten ihm gleich ein Beruhigungsmittel in den Hals. Unser großer Freund wehrte sich mit aller Kraft, bei so einem großen Kerl brauchte es mehr als eine Spritze. Während des Getümmels bemerkte keiner, wie Dr. Stein einen versteckten Revolver aus der Schublade zog.

Er zog und drückte ab, drei Schüsse hallten durch den Raum.

## Kapitel 25: Greenhorn

Drei Schüsse, drei Kugeln. Paul legte sich auf den Boden, hielt die Hände über den Kopf. Mr. Smith sackte zu Boden, die zwei Wärter ließen ihn los, gingen zwei Schritte zurück. Drei Schüsse drei Kugeln. Denn lieben Riesen trafen zwei Kugeln. Die Andere, traf mich! Ich spürte nichts. Das Adrenalin schoss mit einer Wucht in meinen Körper, so dass ich zunächst keinen Schmerz wahrnahm. Jedoch hielt ich meine Hände auf die Wunde. Die Kugel, sie traf mich links in den Bauch hinein. Das Blut floss nur so aus mir heraus und legte sich über meine Schuhe und auf den grauen Boden. Paul stand ruckartig auf, drehte sich wie in Zeitlupe um: "Maaaariiiieeeeee!!!" hallte es durch den Raum. Dann sackte ich zusammen und hatte große Mühe, dem weiteren Geschehen zu folgen. Ich schloss meine Augen und alles wurde hell.
„Marie, Marie!! Nein, nein, lass die Augen offen." Paul kniete zu mir nieder und nahm mich in seine Arme, schlug mir sachte ins Gesicht und flehte darum, dass ich meine Augen öffnen sollte. Pauls Stimme zu hören war sehr angenehm. Ein wohliges Gefühl überkam mich. Er drückte mich immer wieder an sich, so dass ich mit meinem Kopf und einem Ohr seinen Herzschlag hören konnte.
Mit voller Kraft kämpfte ich nun gegen den mittlerweile wahrnehmbaren Schmerz an. Ich sah

Paul in die Augen und ein kleines Lächeln zog sich über mein schmerzerfülltes Gesicht, er kam mir vor wie ein Engel.

„Paul...." ich fing an zu husten, der Schmerz raubte mir meine Luft, das ich nicht weiter sprechen konnte.

„NEEEEEEEIIIIIINNNNN, ihr Schweine!" Paul stand und auf packte Dr. Stein am Kragen und donnerte ihn gegen die Wand. „Du verdammter Mistkerl hast sie angeschossen, tu was!" Die Waffe die eben noch in Dr. Steins Hand lag, flog durch den Raum. Die Kräfte von Paul schienen endlos zu sein. Als ob er sich zum letzten Kampf aufbäumte. Er kämpfte mit aller Gewalt gegen ihn an, in der Hoffnung, mich dadurch irgendwie retten zu können.

Die Waffe landete vor meinen Augen. Ich sah die Waffe, deren Kugel mich getroffen hatte. Trotz Schmerzen versuchte ich an die Waffe heran zu kommen, während Paul immer noch mit Dr. Stein beschäftigt war. Keiner achtete auf mich. Mit letzten Kräften und lang gezogenen Fingern erreichte ich die Waffe und  nahm sie in die Hand. Ich blickte rüber, die Löwin in mir kämpfte, und nach dem dritten Versuch schaffte ich es auf die Knie und schlussendlich mich hinzustellen. Ich nahm die Waffe genau unter meine Augen, woher sollte ich wissen wie so etwas funktionierte. Ich zielte mit der Waffe in das Gerangel der beiden. Ich wollte sicher gehen, dass ich Paul nicht traf. Plötzlich packte mich von hinten etwas kräftig am Arm. Es war Mr. Smith. Ich bemerkte gar nicht, dass er noch am Leben war und mir nun zur Hilfe kam.

Er schob mich zur Seite und ging auf Dr. Stein und Paul zu, schnappte sich Paul, den er in die Luft hievte und schleppte ihn von dem Gerangel weg. Dr. Stein erstarrte kurz, keiner rechnete mit der Rückkehr des sanften Riesen. In diesem Moment hielt ich nur noch die Waffe auf ihn gerichtet. Bäm bäm bäm!

Drei Mal schoss ich aus der Waffe. Mein Blick war nur halbwegs darauf gerichtet, wen oder was ich traf. Der letzte Schuss ging ins Leere. Dann löste die Waffe nicht mehr aus. Es waren keine Kugeln mehr in der Trommel. Von meinem letzten Aufbäumen ging ich wieder auf die Knie, atmete sehr schwer, mein Kopf sank nach unten. Ein Fiepen legte sich in meinen Ohren fest. Ich hörte fast nichts anderes mehr. Paul beugte sich zu mir herunter: „Hilf mir Paul." flehte ich ihn mit krächzender Stimme an.

„Hey großer Freund, komm hilf uns." Wie ein Echo hallten die letzten Sätze in meinem Kopf, ich spürte meinen Körper nicht mehr, und meine Sinne gaben nach.

„Nein nein nein, laut bumm bumm bitte nicht" -
„Komm schon, es wird dir keiner etwas tun." besänftigte Paul ihn. Da nahm er seine Hände vom Gesicht und kam mit kleinen Schritten auf uns zu.

„Nimm Marie zu dir, pass gut auf sie auf." In diesem Moment verlor ich mein Bewusstsein.

Paul ging langsam aber stetig auf Dr. Stein zu, der

hinter dem Schreibtisch am Boden lag. „Tja Steini, so schnell kann es gehen." flüsterte Paul. Mit zwei Fingern am Hals fühlte Paul bei Dr. Stein noch ein schwacher Puls. „Ich werde nicht zum Mörder, obwohl du es verdient hättest."
Er drehte sich um, blickte in den Raum, wo waren die zwei Wärter hin?!
„Hilfe Hilfe aua." der Riese gab Paul zu verstehen, dass ich nicht mehr bei Bewusstsein war und ließ mich herunter. Mit Entsetzen und großer Angst fühlte Paul meinen Puls, der schwach aber vorhanden war.
„Bitte kämpfe, Marie. Ich hole uns hier raus, ich verspreche es dir!" Er gab mir einen Kuss auf die Stirn und streichelte mir über mein Haar.
„Wir müssen schnell hier raus, die beiden sind sicher unterwegs um Mike und Olivia zu holen. Laufe großer Freund, laufe und lass uns einen Weg hier raus finden, bevor wir gefunden werden!"


Welch Mut und doch so viel Schiss in der Hose, das war typisch Paul. Ich kannte ihn gar nicht anders. Auch wenn er es nie zugeben würde, er fürchtete sich vor vielen Dingen, aber er kämpfte, für sich und vor allem: für mich.
Wieder durchquerten wir diesen Flur, in dem Pauls Nase wieder anfing zu bluten. Mr. Smith kannte keine Gnade und schleppte uns Beide durch die Gänge.
Seine Hände und Arme waren stark genug uns Beide

zu tragen, es ging schnell voran.

Plötzlich blieb Mr. Smith stehen „DA DA, oh oh." er zeigte mit seinem Finger auf den gegenüberliegende Flur.

Paul bemerkte, dass Stimmen zu hören waren, die immer näher kamen. Noch immer war ich ohne Bewusstsein, was Paul große Sorgen machte. Also hieß das, schnell einen Ausweg und Hilfe finden.

# Kapitel 26: Die Flucht

Eine nahe gelegene Tür war erst mal unsere Zuflucht.
Von innen an die Tür gelehnt versuchte ich zu hören,
was draußen geschah. Mehrere Schritte waren zu
hören, die hastig Richtung Dr. Steins Büro liefen. Ich
glaubte auch ein „SIE SIND DA LANG!" gehört zu
haben. Marie war immer noch bewusstlos, und unser
großer Freund schwer angeschlagen .Aber es schien
so, dass es nicht die zwei Kugeln waren, die ihm im
Körper steckten, sondern eher das Beruhigungsmittel
langsam seine Wirkung zeigte. Sein Atem wurde
schwerer, aber noch hielt er durch.

Als die Luft rein schien, öffnete ich die Tür einen Spalt
breit und schaute hinaus, um sicher zu gehen. Unsere
Flucht konnte weiter gehen. Schließlich durften wir
auch keine Zeit verlieren, Marie brauchte dringend
Hilfe. Marie musste in ein Krankenhaus. Auch wenn
ich daran dachte, dass ich eigentlich gar nicht genau
wusste wo wir uns im Moment befanden. Aber diesen
Gedanken verdrängte ich sofort wieder.

Dann endlich ein Funken Hoffnung. Der Fahrstuhl war
in Sicht und daneben eine Tür mit einem
wohlbekannten Zeichen. Das Treppenhaus, markiert
mit dem Fluchtwegsymbol. „Halte durch Liebes, wir
schaffen das!" Im Treppenhaus hing ein Plan des

Anwesens. Es schien, dass der Laborbereich darauf fehlte. Aber mein Auge erblickte was viel Besseres, eine Garage. Und auch noch ganz in der Nähe. Ich zeigte darauf und fragte Mr. Smith, ob er uns da hinbringen kann. Grunzend nickte er und wir machten uns auf den Weg.

In der Garage angekommen wurde ich durch das Gefühl der nahenden Freiheit immer nervöser, aber auch ungeduldiger. „Mr. Smith, wir brauchen einen Wagen!" bellte ich ihn an, ohne zu bemerken dass der Hüne am Zusammenbrechen war. Unser Freund war am Ende seiner Kraft. Er lehnte an einem Betonpfosten, noch immer mit Marie in den Armen und deutet auf einen kleinen, unbesetzten Kassenraum hin.

Da ertönten die Alarmglocken. Scheinbar wurden die Leichen von Roberto und Dr. Stein entdeckt. Ich beugte mich zu Mr. Smith runter: „Halte noch ein wenig durch, mein Großer, bin gleich zurück." schwer atmend bemühte er sich noch ein Lächeln hinzubekommen und hob dabei den Daumen. Ich spurtete zum Kassenraum. Dieser bestand hauptsächlich aus einem kleinen Raum mit einem kleinen vergitterten Fenster. Unterhalb des Fensters gab es eine Durchreiche. Im Kassenraum selber stand ein kleiner Schreibtisch, der mit drei Monitoren, einem vollen Aschenbecher und einer Kaffeetasse inklusive angetrocknetem Kaffee vollgemüllt an der Wand stand. Der Schreibtisch selbst hatte zwei Schubladen, die ich gleich öffnete und durchsuchte. Aber außer einem alten Playboy Magazin und diversen Essensreste war nichts darin zu finden. Ich schaute mich fragend weiter um und überlegte, wo die Schlüssel sein könnten und entdeckte neben der Eingangstür den Schlüsselkasten. Natürlich war dieser als einziges in diesem Raum abgeschlossen. In meinem Kopf hörte ich, wie mich das Schicksal auslachte. Kurz umgeblickt griff ich zum Aschenbecher und prügelte wie wild auf den Kasten ein. Klappernd und polternd fiel er von der Wand auf den Boden und öffnete sich. Ich griff nach dem erstbesten Autoschlüssel mit Fernbedienung, drückte und suchte wo es piepste oder blinkte. Das Glück schenkte mir einen schwarzen Sprinter und sofort fuhr ich zu Marie und Smith.

Als ich ankam sah ich Mr. Smith zusammen gesackt und mit verschlossenen Augen immer noch am Pfosten gelehnt. In seinen Armen Marie, so wie ein Kind seinen Teddy schützend hält. Ich rüttelte kurz am Großen, aber keine Reaktion. Bei Marie suchte ich den Puls. Sie lebte noch: „Halte noch ein bisschen durch, wir sind bald hier raus und es wird alles gut." ich platzierte Marie auf der Rückbank, stieg ein und gab Gas, immer der Fahrbahnmarkierung entlang Richtung Ausgang. Die Schranken durchbrach ich problemlos, gleißendes Sonnenlicht blendete meine Augen. Wir hatten es tatsächlich geschafft. Voller Adrenalin rufe ich „MARIE, Marie wir haben es geschafft!" sie reagierte mit einem dezenten Lächeln. Endlich auf einer Straße angekommen orientierte ich mich kurz und drückte dann aufs Gas.

Dann war endlich auch die Stadt in Sicht, immer wieder redete ich Marie gut zu. Innerlich betete ich: „Oh Gott, bitte, bitte lass sie durchkommen". Hupend kamen wir am Krankenhaus an. Schreiend stieg ich aus dem Fahrzeug und eilte zu Marie.
„Schnell, verdammt ich brauche Hilfe. SIE wurde angeschossen!" Als ich die Türe zu Marie öffnete, sah ich erst wie viel Blut sie inzwischen verloren hatte. Schockiert schossen mir Tränen in die Augen und dieses Mal betete ich laut „Oh Gott! Bitte! NEIN, NEIN." Da kamen auch schon die Notärzte an. Sie stießen mich zur Seite und hievten Marie auf eine Trage. Ich versuchte noch, an sie heranzukommen aber einer der Ärzte drängte mich immer wieder zurück. Ich hörte mich selbst noch einmal ihren Namen rufen, dann war es mal wieder zu viel für meine Nerven und ich klappte zusammen.

Ich komme zu mir. Und ein Gefühl der inneren Zufriedenheit umgibt mich. Ist das Harmonie? Ich atme tief ein und wieder aus, die Augen will ich noch nicht öffnen, ich genieße die Stille und spüre Wärme auf meinem Gesicht. Die Sonne scheint, vermute ich. Ich atme erneut tief ein und aus. Perfekte Harmonie. Langsam öffne ich nun meine Augen.

Ich sitze an einem Fenster und schaue raus. Die Morgensonne scheint und tanzt geräuschlos mit dem Wind durch die Bäume und Büsche, es ist nichts durch das dicke Glas des Fensters zu hören. Ich sitze noch eine Weile da und träume vor mich hin, als mich meine Blase in meinem „Harmonischsein" unterbricht.

Als ich versuche aufzustehen, versagen mir meine Beine den Dienst. Wackelig und dürr sind sie. Noch verstehe ich nicht was das zu bedeuten hat, ich sehe an mir herunter. Ich trage einen blau-gestreiften Pyjama. "Ich wusste gar nicht, dass ich so einen besitze." denke ich. Jetzt bemerke ich auch: ich sitze wieder mal in einem Rollstuhl. Wenigstens bin ich dieses Mal nicht gefesselt. Komisch ist nur auch, meine Arme sind auf einmal merklich dürr und knochig. Ich taste über mein Gesicht, spüre Stoppeln, ansonsten keine Veränderungen. Wo sind meine Haare? Ich ertaste meine Haare nicht mehr, mein Kopf fühlt sich an wie ein "drei Tage Bart" und eine ... Narbe?

Ich brauche einen Spiegel. Ich schaue mich um. Es sieht aus wie ein gewöhnliches Krankenzimmer mit einem Bett, diversen Gerätschaften und einem Tropf. In einer Nische scheint ein kleines Badezimmer zu sein. Dort werde ich einen Spiegel finden, denke ich mir und begebe mich dorthin.

Zögerlich schaue ich in den Spiegel. Ein abgemagertes Bild meiner selbst schaut mir entgegen. Unrasiert mit einem eingefallenen Blick schauen mir zwei müde Augen entgegen. Ich versuche mich zu erinnern, wann und wer mir den Kopf rasiert hat. Den Stoppeln nach zu urteilen muss das schon eine Weile her sein. Ich streiche über meinen Schädel, da ertaste ich eine merkwürdige Stelle am hinteren Teil. Als meine Finger daran entlang tasten, fühlt sich die Stelle weich an, sie gibt nach sobald ich draufdrücke, fast als würde ein Stück meines Schädelknochens fehlen. Schmerzen verspüre ich aber keine. Ich versuche, durch den Spiegel bessere Einsicht darauf zu bekommen, was sich im Rollstuhl sitzend als schwieriger herausstellt als gedacht. Gerade als ich es fast schaffe mich so hin zu drehen, dass ich etwas sehen könnte, höre ich Schritte. Jemand ist in meinem Zimmer.

Ich höre eine weibliche Stimme zögerlich rufen: „Mr. Kane? Hallo?"

„Wer ist Mr. Kane?" frage ich mich. Ich rolle langsam aus der Nische raus. Was ich erblicke kann einfach nicht möglich sein. Ich sehe eine dunkle Schönheit im weißen Gewand. Ihre kastanienbraunen Augen schauen sich suchend im Zimmer um. Schwarze Locken springen mit jeder Bewegung auf und ab. Selbst der Geruch, den sie verströmt, ist derselbe wie damals: Kokosnuss-Vanille.

„A... ANNA?! Bist du das wirklich? Wie kann das sein.. ich sah dich do..." stottere ich zögerlich.

„Mr. Kane sie sind wach?" erstaunt darüber lässt sie mich, mit der Bitte zu warten, in meinem Zimmer zurück. Nur wenige Minuten vergehen bis sie zurückkommt, in Begleitung eines Arztes und zwei Pflegern. Der Arzt beginnt sofort mich zu untersuchen, mit einer kleinen Taschenlampe leuchtet er mir in die Augen und beginnt Fragen zu stellen.

„Wie geht es ihnen Mr. Kane? Wie fühlen sie sich? Wissen sie wo sie sind? Können sie sich an was erinnern?" Gerade als ich antworten will, dreht er sich zu Anna um: „Seit wann ist er wach?" Ich komme mir übergangen vor. Die Pfleger stehen bereits im Raum und warten scheinbar nur auf eine Reaktion meinerseits.

Der Arzt fühlt meinen Puls und schaut dabei auf seine Uhr. „Mr. Kane? Ist ihnen übel, schwindlig? Haben sie vielleicht irgendwelche Schmerzen?" ich schüttele dieses Mal einfach nur den Kopf.

„Ich muss telefonieren, passt auf ihn auf." sagt er zu den Pflegern und verlässt schlagartig den Raum. Ich schaue zu Anna und frage sie erneut. „Anna, wie kann das sein. Ich sah dich doch sterben?" Sie beugt sich zu mir runter „Ich weiß nicht woher sie meine Schwester kennen Mr. Kane, aber sie scheinen mich zu verwechseln."

Sie ist ein Zwilling, es fällt mir wie Schuppen von den Augen. Ich entschuldige mich für meinen Fauxpas und lehne mich in meinem Rollstuhl zurück.

Da kommt auch schon der Arzt zurück. „Okay, bringt ihn zu ihm."

Da beginnen die Pfleger mich am Rollstuhl aus dem Zimmer zu rollen. Jetzt sehe ich erst wo ich bin. Ich bin in einer Anstalt. Wir kommen an einem mit Sonnenlicht durchfluteten Aufenthaltsraum mit verschiedenen Persönlichkeiten vorbei, teilweise mit sichtbaren Behinderungen, andere scheinbar verträumt, in sich gekehrt, kümmern sie sich nicht darum was geschieht. Ich werde weiter gerollt, vorbei an großen Sicherheitstüren, in einen großen Fahrstuhl. Jetzt beginnt mir allmählich ein Schauer über den Rücken zu laufen. Das ist doch? Bitte nicht!

Nein, das kann nicht sein. Die Fahrstuhltüren öffnen sich und ein langer bekannter Gang kommt zum Vorschein. Mein Puls steigt und meine Hände beginnen zu schwitzen. Die Doppeltüren am Ende des Ganges öffnen sich und wir sind wieder zurück. In Mikes Büro.

Das Büro ist leer, die Pfleger gehen und lassen mich zurück. Ich schaue mich um. Da schaltet sich ein Bildschirm auf Mikes Schreibtisch ein. „Hallo Mr. Kane." Ich rolle hinter den Schreibtisch, um einen besseren Blick auf den Bildschirm zu bekommen. Zu sehen ist Mike.

„Hallo Mr. Kane - oder soll ich sie lieber bei ihrem echten Namen nennen, Mr. Paul Enka? Du musst wissen Paul, nach eurem kleinen Amoklauf hier, musste ich einige Fäden ziehen und eure Identitäten verschleiern, sonst hätte es mit den Behörden ein paar Probleme gegeben. Das ihr Dr. Stein und Mr. Smith getötet habt, das hätte ich ja noch verkraften können, aber der arme Roberto."

„Was soll der Scheiß?" frage ich ihn. „Wenn du mir was zu sagen hast, dann sag es mir ins Gesicht, und bring es endlich zu Ende. Ich habe keine Lust mehr auf diesen Kindergarten. Armer Roberto sagst du? Dieser Kranke hatte den Tod verdient, genauso Dr. Stein mit seinen Experimenten."

„Alles zu seiner Zeit mein Freund. Dass ich nicht dir gegenüber sitze wirst du früh genug verstehen. Das Dr. Stein mit seinen Experimenten den Tod verdient hat, ist wie vieles im Leben Ansichtssache. Immerhin hat er die Experimente nur zum Zweck der Wissenschaft durchgeführt, und hätte es dich nicht getroffen, wäre es dir doch egal gewesen. Was aus dem guten Theodor Smith wurde ist dir ja scheinbar völlig gleichgültig gewesen. Ihn hast du ja zurückgelassen, nur weil du es nicht für nötig hieltest ihn auch in den Van zu hieven. Ja, er hatte noch gelebt. Das Beruhigungsmittel hatte ihn nur außer Gefecht gesetzt, bis er dann langsam verblutete. Du denkst, Roberto sei krank gewesen? Warum? Nur weil er Loyal war und meine Befehle ausgeführt hat? Oder weil er mich liebte? Ja, ich weiß, dass er schwul war und ja, er liebte mich, na und? Du liebst doch Marie auch und würdest alles für sie tun oder etwa nicht? Naja, das wird sich zeigen."

„Marie lebt? Wo ist sie?" obwohl ich weiß, dass er genau das hören will, bricht es aus mir heraus. Mike lächelt. „Ja sie lebt. Du hast es geschafft, sie wurde von den Ärzten gerettet. Aber ..." Mike pausiert, was mir gar nicht gefällt. „Du sollst es selbst sehen."

Die Türe öffnet sich und Marie wird in einem Rollstuhl von Olivia in den Raum geschoben.

Olivia zwinkerte mir lächelnd zu: „Hi Sweetie!" und verlässt wieder hüftschwingend den Raum. Marie sitzt nun mir gegenüber, ihren Kopf nach unten gesenkt scheint sie zu schlafen. Ihre Haare verdecken ihr Gesicht. Auch sie hat -wie ich- sichtbar an Gewicht verloren.

„Marie? Ma.. Marie kannst du mich hören? Ich bin es, Paul?" ich rolle zu ihr rüber, berühre sie leicht an der Schulter. Da hebt sie langsam den Kopf, die Augen noch im Dämmerzustand geschlossen. „Ma... Marie?" sie öffnet langsam die Augen. Ihre wunderschönen Augen mustern den Raum. Dann treffen sich unsere Blicke.

Doch anstand Liebe blickt mir blankes Entsetzen entgegen. Sie beginnt zu schreien, Angst und Panik ist aus dem Schrei zu hören. Sie versucht vor mir zu fliehen, stürzt aus dem Rollstuhl, Tränen der Panik laufen ihr über das Gesicht. Ihre Finger krallen sich in den Teppich und sie versucht sich wegzuziehen, ihre Beine machen kein Anzeichen von Leben. Mit aufgerissenen Augen, als wenn der Leibhaftige vor ihr stehen würde, versucht sie von mir wegzukommen. Sich kriechend über den Boden ziehend stürzt sie einen kleinen Tisch um und sucht dahinter Schutz. Ich versuche ihr näher zu kommen: „Ich bin es doch? PAUL?" Sie wird immer panischer. Schreie und

Tränen, aber am schlimmsten ist der Blick in ihrem Gesicht, diese unvorstellbare Angst.

„WAS HAST DU IHR ANGETAN DU SCHWEIN!" schreie ich den Bildschirm an.

Mike erwidert nur „Ich? Bist du dir da ganz sicher? Oder solltest du dich fragen, was hast du ihr angetan. Sie ist deinetwegen in dieser Situation. Hättest du sie nicht eingeladen, wäre sie jetzt nicht hier und hätte auch keine Kugel abbekommen und könnte noch laufen. DU hast ihr das angetan, aber es gibt eine Lösung."

Ich vernehme ein leises klicken, eine Schublade öffnet sich am Schreibtisch. Ich öffne sie und schaue hinein. Es liegt ein Revolver drinnen und eine Kugel.

„Erlöse sie oder dich. Es ist deine Entscheidung. Kannst du damit leben sie getötet zu haben? Oder soll sie an den Rollstuhl gefesselt weiterleben, mit dem Wissen, dass sie niemals Mutter sein wird und dass der, der ihr das angetan hat so feige war, und sich vor ihr das Leben nahm? Du entscheidest."

# Kapitel 27: Die Entscheidung

Piep piep piep piep... was ist das nur für ein grauenhaftes Piepen.... Ich versuche die Augen zu öffnen. Es gelingt mir nur sehr schwer. Das Licht ist zu grell, als dass sich meine Augen schnell daran gewöhnen könnten. Mein Hals ist ausgetrocknet wie eine Pfütze in der Sahara Wüste, nur sehr beschwerlich kann ich schlucken. Für einen kurzen Moment, in dem ich mit meinen Beschwerden beschäftigt bin, höre ich dieses Piepen nicht mehr. Nach einer kurzen Dauer bin ich endlich in der Lage meine Augen zu öffnen.

Wo bin ich? Was ist passiert? Wie komme ich hierher? Alles Fragen die mir in den Kopf geschossen kommen. Ich versuche irgendwie nachzuvollziehen, was passiert ist und schaue mich langsam aber sicher um. In meinem Arm steckt eine dicke, fette Nadel mit einer Kanüle dran, in der ein Schlauch steckt. Ich verfolge diesen Schlauch und bemerke, dass durch ihn eine Flüssigkeit in mich hinein fließt.

An einem Finger hängt ein Pulsmesser und dessen Kabel führt zu diesem Gerät, aus dem es so grauenhaft piept.

Aber verdammt, wo kommt denn auf einmal dieses Stechen her?! Ich hebe meine Decke an und sehe ein großes weißes Pflaster und Verbandsmaterial drum herum auf meinem Bauch. „Wo zum Teufel...." bevor ich den Satz beenden kann öffnet sich die Tür. Eine Dame kommt herein. Es scheint eine Schwester zu sein. „Sie sind wach." lächelt sie. „Das ist ja prima, wie geht es Ihnen?"

„Ich... ich...i..." ich stottere leise vor mich hin, denn meine Kehle ist staubtrocken.

Ich deute auf das Glas, das auf dem Tisch steht.

„Ach ja, sie sind sicher durstig." Die Dame füllt mir das Glas mit Wasser und reicht es mir. Ich lege sofort an und nehme einen Schluck nach dem anderen. Was zur Hölle... diese Schmerzen beim Schlucken des Wassers sind unerträglich. „Ja, sie hatten einen Schlauch zur Beatmung in Ihrer Luftröhre, sie müssen noch etwas mit Problemen beim Essen, Trinken und Sprechen rechnen." Ich nicke ihr zu – „Sie sind eine bildhübsche junge Frau." lächelt sie mich wieder an. Ich lächele zurück. „Es wird schwer, aber ich versichere Ihnen, es wird gut gehen, ich hole den Doktor."

Ohne weitere Erklärungen geht die Dame aus dem Zimmer. Was meint sie denn? Ich starre die großen Fenster an, die etwas verdunkelt sind durch die Vorhänge. Ich entschließe mich, aufzustehen um dem Zimmer Helligkeit zu verschaffen. Urplötzlich bemerke ich, dass ich meine Beine nicht mehr spüre. Voller Panik schlage ich auf meine Beine, doch nichts tut sich. Ich klingele Sturm, mit dem Notrufschalter, der über meinem Bett herunter hängt.

Ein großer, älterer Herr mit Nickelbrille auf der Nase und fast schon weißem Haar betritt das Zimmer. Sein

Kittel ist lang und flattert beim Gehen nach hinten weg.

„Ach Miss Lattorek, sie sind wach, das ist ja gut. Wie geht es Ihnen? Irgendwelche Schmerzen?" Mit wem redet diese komische Type? Wer zum Geier ist Miss Lattorek? Was für ein Film läuft denn hier?

„Was ist passiert und wo bin ich Herr Doktor? Und warum spüre ich meine Beine nicht?" „Alles zu seiner Zeit. Schwester notieren sie bitte in der Akte, dass wir Frau Lattorek auf Station verlegen können."

„Verlegen? Station? Welche Station? Kann mir mal bitte jemand erklären wo ich hier bin?" unterbreche ich den alten Mann. „Sie sind in Arkham, machen sie sich keine Sorgen, sie sind hier in den besten Händen." und wieder verlässt er das Zimmer. Ich blicke auf die Schwester, suche nach ihrem Namensschild und erhasche es schnell. „Lucy? Das ist doch richtig oder?" Sie nickt. „Lucy, was ist hier los? Warum spüre ich meine Beine nicht? Bin ich etwa..." Sie kommt zu mir rüber und nimmt meine Hand in ihre kalten Hände. Ihr Blick scheint mir Mitleid ausdrücken zu wollen. „Die Kugel ging direkt durch deinen Bauch, in das Rückenmark, hat es dort durchtrennt und trat aus deinem Rücken wieder raus." ich fange an zu zittern. Ich kann nicht glauben was ich da höre. „Liebes, du wirst nie mehr laufen können und leider auch keine Kinder zur Welt bringen, aber du bist jung und stark und hast einen großen Willen. Ich bin sicher, du schaffst das und du

bist hier erst einmal sehr gut aufgehoben."
Meine Augen füllen sich mit Tränen, ich kann sie nicht zurückhalten. Lucy bleibt noch etwas bei mir um mich zu trösten. Doch welchen Trost gibt es schon, wenn man erfährt, dass man nie mehr auf eigenen Beinen stehen wird, dass man nie Kinder bekommen kann. In diesem Moment scheint es keinen Trost zu geben. Bevor Lucy geht, bitte ich sie, die Vorhänge zu öffnen. Dann verlässt auch sie das Zimmer.

Ich starre aus dem Fenster von meinem Bett aus. Die Sonne scheint herrlich in mein Gesicht. Draußen geht ein leichter Wind, die Blätter der Bäume bewegen sich. Mit jedem Sonnenstrahl den ich in mir aufnehme wird mir immer bewusster, welches Leben mir nun bevorsteht. „Moment mal... Arkham?" erschrocken spreche ich zu mir selbst, wühle in dem Schränkchen neben mir und finde eine Broschüre. Arkham Anstalt. „Das ist alles nur ein Traum." denke ich mir und kneife meine Augen fest zusammen, in der Hoffnung, dass wenn ich sie wieder öffne, alles anders ist. Doch dem ist nicht so. Es dauert nicht lange und wieder öffnet sich die Tür des Zimmers.

„Miss Lattorek, ich bin hier um sie für die Verlegung vorzubereiten."
„Olivia??? Komm mir nicht zu nahe und lass bloß die Finger von mir." -

"Sie müssen mich verwechseln Miss Lattorek." grinst sie mich an und kommt an mein Bett. Da greift sie nach meinem Arm, hält mich fest und jagt mir eine Spritze in den Hals. Während ich ihr tief in die Augen schaue und Olivia erkenne, höre ich sie noch sagen: „Sweet Dreams, Darling." dann werde ich ohnmächtig.

Als nächstes werde ich wieder in den "alt - bekannten" Räumen wach. Graue, hohe Decken, Neonröhren und dieser Hall. Mein Kopf ist schwer, so als ob ich Jahre verschlafen habe, mit hängendem Kopf, den es jetzt gilt, wieder hoch zu nehmen. Wieder stiere ich in der Gegend herum. Ich kenne diese Räumlichkeiten zwar, und doch nehme ich jeden Winkel in Augenschein. Noch immer liege ich in diesem Bett, doch diesmal sind meine Hände an das Bett gefesselt, an dem sich die dafür vorgesehenen Schlaufen befinden. In meinem Arm befindet sich weiter diese riesige Nadel mit der Kanüle. Ich drehe meinen Kopf nach links. In der Ecke sehe ich einen Sessel mit hoher Lehne, in dem jemand sitzt. Ich erkenne nur eine Silhouette der Person, selbst wenn ich mich anstrenge und die Augen leicht zusammen kneife. Es ergibt sich kein klares Bild. Die Silhouette steht auf und bewegt sich auf mich zu. Ich erkenne sie. Etwas ängstlich spreche ich zu ihr: „Olivia...?"

„Ihr habt wohl gedacht, ihr kommt davon, du und

Paul. Und ihr habt euer Happy End, liebt euch bis zum Ende eurer Tage und alles ist gut. Aber damit wird jetzt Schluss sein." Ihre Stimme klingt sehr hasserfüllt, der Hall in diesem Raum unterstreicht das noch zusätzlich. Mit Entsetzen starre ich Olivia an. Ich sehe nur ihr Gesicht, denn die Lampe, die das Zimmer etwas beleuchtete, scheint direkt über ihr, so dass der Rest ihrem Schatten verfällt.

Dabei bemerke ich zunächst nicht, dass sie einen Becher bei sich hält, der mit einer Flüssigkeit gefüllt ist.

Sie nimmt den Becher und hält ihn mir vor die Nase: „Trink das!" befiehlt sie mir.

„Olivia, einer der hellsten Kerzen auf der Torte bist du ja nicht. Nicht wahr? Wie zum Teufel soll ich das trinken wenn ihr mir die Hände an das Bett gefesselt habt? - Und selbst wenn es nicht so wäre, für wie blöd hältst du mich, dass ich das trinke ohne zu wissen was darin steckt?"

Ich bin voll stolzem Löwenmut Olivia gegenüber. Paul wäre sicher stolz auf mich, denke ich. Apropo... „Und was habt ihr mit Paul gemacht? Wo ist er? Ist er am Leben?"

„Marie Marie Marie, an deiner Stelle würde ich nicht so vorlaut sein, ich verspreche dir aber, sobald du ausgetrunken hast bringe ich dich zu deinem geliebten Paaaaauuuuul!"

„Ich werde das nicht trinken, Olivia. Beweise du mir, dass Paul am Leben ist."

Olivia greift nach einem Laptop, den sie aus einer Tasche holt und tippt einige Minuten darauf herum. Dann dreht sie den Laptop zu mir. Bilder einer Überwachungskamera laufen über den Bildschirm. „Er ist nicht weit weg von dir, nur einige Räume weiter." erklärt sie mir. Ich sehe Paul in einem Rollstuhl hinter einem Schreibtisch sitzen. Er ist also am Leben. Eine kleine Erleichterung lässt mich aufatmen. Da klappt Olivia den Laptop zu. „Jetzt ist es Zeit Marie." sie steht auf und hält mir zum wiederholten Male den Becher unter die Nase.

Mein Herz schlägt mir bis zum Hals. Sie löst einer der Fesseln. Mit einer langsamen Bewegung nahm ich den Becher in die Hand und setze zum Trinken an. In diesem Moment überkommt mich eine Welle der Gefühle. Bilder schießen in meinen Kopf. Roberto, Dr. Stein, Mike und Paul. Alles läuft wie in einem Film in meinem Kopf ab. Olivia beobachtet mich sehr genau. „Trink schon." pfeift sie mich an. Mein Mut verlässt mich einerseits, denn welches Leben wartet schon auf mich, da draußen. Und doch nehme ich mich zusammen und reagiere prompt. Ich schütte Olivia den Inhalt des Bechers in ihr Gesicht.

Da krallen sich Olivias Nägel in mein Gesicht. „Du Biest!" schreit sie mich an.

„Dann eben anders." Olivia zückt eine Spritze.

„NEIIIIIIIIINNNN PAAAAAAUUUUUUL!" ich schreie mit voller Kraft, da verpasst sie mir die Nadel wieder in den Hals. „HIIIILFFEEE PAAAAUUUL!!" sind meine letzten Worte die ich aus vollem Leibe schreie.... Mit einem Mal verstumme ich.

Alles beginnt sich zu drehen und fängt an zu verschwimmen. Ich habe keine Kontrolle mehr. Es wird kalt in mir, mein Herz schlägt nur noch halb so schnell wie vorher, meine Atmung wird immer langsamer. Keine Gedanken mehr. Alles ist weg, leer, schwarz dunkel, verschwommen. Keinerlei Erinnerungen, alles ist einfach nur weg und ich total geistesabwesend.

Es dauert eine Weile bis Olivia mich im Rollstuhl hat. Mit hängendem Kopf und geschlossenen Augen werde ich von ihr in Mikes Büro geschoben. Meine Haare fallen mir auf dem Weg dorthin ins Gesicht.

Paul kommt sofort auf mich zu, doch ich erkenne Paul nicht. Es ist der Cocktail aus Amphetaminen, mit etlichen weiteren psychotropen Substanzen, der mich glauben lässt, dass Menschen die ich kenne abstrakte und monströse Gestalten sind.

Ich sehe Paul an, sehe aber nur eine deformierte Fratze, die mich mit rotglühenden Augen teuflisch grinsend anschaut. Panisch reiße ich meine Augen auf und schreie los. Pauls Verzweiflung steht ihm in sein Gesicht geschrieben. Mit jedem Male, wenn Paul mich anspricht, verfalle ich immer mehr in Panik, Verzweiflung und Angst. Ich versuche vor ihm zu flüchten, falle aus dem Rollstuhl und robbe auf dem Fußboden entlang. Hinter einem umgestürzten Tisch suche ich Schutz. Paul unterhält sich mit Mike über einen Bildschirm, was ich aber in meinem Zustand nicht mehr richtig wahrnehmen kann.

Ich sehe, wie Paul eine Waffe aus der Schublade des Schreibtisches herausnimmt. Was hat er vor? Voller Panik drehe ich mich weg. Meine Augen stehen nicht mehr still, sie bewegen sich im Sekundentakt von links nach rechts und wieder zurück. Das alles macht meinen Zustand noch unerträglicher.

Ich drücke mir die Hände seitlich an meinen Kopf und halte mir die Ohren zu. Die Stille, die durch das Zuhalten entsteht, entspannt mich etwas. Ich summe ein Lied vor mich hin, und wippe mit dem Oberkörper vor und zurück, immer wieder. Paul hört das Summen und kommt ganz langsam auf mich zugerollt. „Marie...?" Ich höre Pauls Stimme nicht. Das Summen in meinen Ohren ist lauter. Ich bleibe weiter versteckt hinter der Tischplatte. Paul kommt um die Ecke gerollt. Er streichelt meine Hand sehr leicht. Da nehme ich voller Schreck die Hände runter.

„Marie, ich bin es, Paul. Erkennst du mich denn nicht?"
Ich schüttle panisch den Kopf und drücke mich weiter
in die Tischplatte, zwischen zwei Tischbeine. „Hab
keine Angst, du weißt doch, ich würde dir niemals
etwas antun." fleht er mich an. Da sehe ich, dass Paul
immer noch die Waffe auf seinem Schoß hat. Immer
wieder blicke ich auf die Waffe. Paul hält seine Hand
ausgestreckt nach mir. Im Hintergrund brabbelt Mike
immer wieder etwas, was ich in diesem Zustand nicht
verstehe, es mich aber immer wieder in Angst
versetzt. Langsam kommt Paul immer wieder Stück
für Stück auf mich zu. Ich reiße die Augen weit auf,
fange an zu schreien, schnappe mir die Waffe und
ziele auf Paul. Mit vorgestreckten Armen versucht
Paul auf mich einzureden.
„Bitte Marie, ich bin es doch, Paul, erkennst du mich
nicht?" Irgendwas in mir lässt mich zögern, und ich
senke die Waffe. Gerade, als Paul versucht danach zu
greifen, reiße ich sie herum und stecke sie in meinen
Mund.
„MAAARIIIEEEE NEEEEEIN!"
Plötzlich löst sich der Schuss.
Ich habe meinem Leben in letzter Panik ein Ende
gesetzt.

## Kapitel 28: Danke

Hilflos versuche ich nun, die kleine Stücke von Hirn, Schädelknochen und Blut mit meinen Händen zurück zuschieben, als ob ich das Geschehene rückgängig machen könnte. Ich falle aus dem Rollstuhl, um ihren noch warmen Körper in den Arm zu nehmen.

Maries lebloser Kopf liegt nun auf meinem Schoß. Ich bin vor Tränen fast geblendet. Mein Körper wippt vor und zurück, als ob ich sie in den Schlaf wiegen wollte. In ihrer toten Hand hält sie immer noch den Revolver fest umklammert. „Marie, nein, Marie.." schluchze ich, während meine Handfläche über ihren Kopf streichelt. „Marie warum hast du das nur getan? Es tut mir so leid. Es ist alles meine Schuld, ich hätte..."

„JA JA ... Buh buh ...bist du endlich fertig?" ertönt es hinter mir. Dieser hochnäsige Ton. Es kann nur eine Person sein: „Olivia!"

„Jetzt ist es schlussendlich doch geschehen, wurde auch Zeit. Ich hatte schon gedacht ich müsste es tun." sagt sie voller Hohn. „Weißt du, es hat mich schon immer genervt, ihre weinerliche Art. Und immer die brave Everybody's Darling, und doch so hilflos wie ein kleines Reh. Ich gebe zu, am Ende hatte sie ihre Momente, aber im Prinzip hat sie sich doch nur durch geschleimt. Und ohne mich und mein Geld, wo wäre sie da gewesen? Hat sie es mir jemals gedankt?! Tzzz. Stattdessen hat sie mir immer nur versucht mit ihrem freundlichen Getue die Show zu stehlen. Sie hat es nicht anders verdient."

Meine Trauer schlägt in Wut um: „Halt die Fresse." knirsche ich.

Doch Olivia kann es nicht lassen „Uhh jetzt hab ich aber Angst. Was willst du schon machen, du Krüppel. Kannst dich nicht mal auf den Beinen halten. Geschweige denn hast du nicht die Eier dazu, mir irgendwas anzutun. DU hättest sie nie getötet, nicht weil du es nicht konntest, sondern weil du eine feige Sau bist. Weißt du, wieso es damals nicht mit euch geklappt hat? Weil du ne Niete bist im Leben, sowie im Bett, das hat sie mir zumindest damals erzählt. Aber jetzt ist sie ja tot, oh armes kleines Ding. Hat noch mal am falschen Rohr gezogen."

„Halt die FRESSE." ich beiße mir bereits vor Wut auf die Lippe und schmecke mein eigenes Blut. Mir wird heiß, mein Herz schlägt immer schneller und impulsiver. „Scheiß auf die kleine Schlampe." spottet sie und spuckt auf Maries Leichnam.

Das ist zuviel für mich. Ich drehe mich um und springe mit voller Kraft auf sie zu. Die Hand zu einer Faust geballt greife ich sie an. Aber Olivia tritt nur ein Schritt zurück und mein Schlag geht ins Leere. Sie holt aus und tritt mir mit ihren Lackstiefeln fast mühelos ins Gesicht. Voller Adrenalin ignoriere ich den Schmerz und versuche es ein zweites Mal. Damit hat sie nicht gerechnet, ich schaffe es, sie in die Flanke ihres Oberschenkels zu treffen, und sie somit zu Fall zu bringen. Das ist meine Chance. Ich ziehe mich an ihrem Körper immer mehr nach oben. Meine Hände schaffen es, ihr Gesicht zu erreichen und meine Daumen legen sich über ihre Augen. Die Hexe schreit, faucht und kratzt und meine Daumen bohren sich in ihre Augenhöhlen. Ich spüre wie ihre Augen unter dem Druck nachgeben. Frustration, Wut und purer Hass haben die Kontrolle über meinen Körper übernommen. Olivia hört nicht auf vor Schmerzen zu schreien und ich beginne damit, ihren Kopf immer wieder auf den Boden zu schlagen, bis er schließlich wie ein rohes Ei aufplatzt.

Als ich zu mir komme und sehe was ich getan habe, erschrecke ich vor mir selbst. Mein Magen ist der gleichen Meinung und entleert sich sofort. Ich spüre gerade noch einen Stich in meinen Hals, als mir schwarz vor Augen wird.

Als ich wieder zu mir komme, höre ich wohlbekannte Musik, es ist Akira Toriyama's Promise. Ich öffne langsam meine Augen und sehe Mike vor mir.

„Da hast du eine ganz schöne Sauerei gemacht, mein alter Freund." lächelt er mir zu.

„Aber nun ist es vorbei. Endlich ist es vorbei. Keine Sorge, während wir hier sitzen und reden, werden bereits alle Spuren beseitigt." Er legt eine Hand auf meine Schulter. „Ich weiß, du kannst dich im Moment nicht bewegen, das kommt von dem Drogencocktail den ich dir verabreichen ließ. Aber lass dir gesagt sein mein Freund, ich bin dir ewig dankbar für deine Dienste."

Meine einzige Reaktion darauf ist eine einzelne Träne die mir langsam über die Wange läuft. Ich versuche meinen Blick abzuwenden, kann aber nicht einmal mehr den Kopf drehen.

„Hey Paul-" fast einfühlsam wischt Mike mir die Träne aus dem Gesicht „ssshhh ist schon gut, es ist vorbei, versprochen. Ich weiß, es tut jetzt noch weh, aber die Zeit wird nun unsere Wunden heilen, da sie nicht mehr von der Vergangenheit aufgerissen werden kann."

„Ich verspreche dir, nach dem nächsten Schlaf wirst du mich nie wieder sehen. Ich danke dir mein Freund. Lebe wohl, es war mir eine Ehre dich gekannt zu haben."

Sobald diese Worte gesprochen sind stülpt mir jemand einen schwarzen Sack über den Kopf.

# Epilog

Sonntagmorgen. Der schrillende Alarm meines Radioweckers hallt durch meine kleine „zwei Zimmer Wohnung". Noch mit vom Schlafsand verklebten Augen versuche ich die Anzeige des Weckers zu fokussieren um herauszufinden wie spät es ist.

7:00 Uhr. Ich streiche mir über den Kopf und schaue an die Decke. Es ist die Decke meiner kleinen Zweizimmer Wohnung. Meine zu tief hängende Lampe schaut mir geradewegs ins Gesicht, als ob sie nur darauf warten würde: „stoß dich an mir" zu sagen.

Ich streich mir mit den Händen über das Gesicht, wie bin ich in mein Bett gekommen? Hab ich das alles geträumt? Ich versuche aufzustehen. Zitternd, aber es geht. Meine Beine tragen mich wieder. An meinen Armen sehe ich ein paar Einstichwunden und blaue Flecke. Habe ich das doch alles erlebt? Ein Blick zu Oscars leerem Käfig bestätigt es mir, es kann kein Traum gewesen sein. Er ist nicht nur leer sondern auch sauber. Allgemein ist die Wohnung recht sauber und aufgeräumt. Auf dem Küchentisch liegt eine Zeitung. Schlagzeile „Arkham niedergebrannt. Niemand entkam den Flammen." Es gibt sogar ein Bild dazu, wie das ganze Institut in Flammen steht.

Ich trinke einen Kaffee, ziehe mich an und gehe vor die Türe. Die Sonne scheint. Warm küsst sie liebevoll mein Gesicht, wie eine Mutter ihr Kind. Ich stecke die Hände in meinen Sweater und schlendere Richtung Strand runter.

Ich weiß nicht warum, aber irgendwie lande ich am Strand mit der Strandbar, wo Marie und ich uns treffen wollten. Erst vor dem türkisblauen Meer bleiben meine Füße stehen. Ich setze mich in den weißen Sand und lasse den Kopf nach hinten fallen, ich schließe die Augen und atme tief durch. Die Sonne wärmt mich.

Dann höre ich jemanden auf mich zukommen, ich rieche den Duft von Lavendel und Vanille. Ein Schatten stellt sich zwischen mich und die Sonne, ich blicke auf.

„Herr Anka?" es ist der Barkeeper der Strandbar.
„Ja und es heißt Enka." antworte ich mit zusammen gekniffenen Augen.
„Ich soll ihnen das hier geben" Er reicht mir eine Serviette, auf der etwas geschrieben steht. „Eine junge Miss gab sie mir vor Wochen, ich wollte sie schon wegwerfen, da hab ich sie eben gesehen und mich erinnert."

Ich bedanke mich und der Barkeeper lässt mich

wieder alleine. Ich lese, was auf der Serviette steht und beginne zu lächeln. Dann stehe ich auf, ziehe meine Schuhe aus und gehe ins Meer.

Am Abend fand der Barkeeper meine Schuhe und die Serviette am Strand.

„Freue mich auf unser Wiedersehen. XOXO Marie."

Herstellung und Verlag:
BoD - Books on Demand, Norderstedt
ISBN 978-3-7448-4865-7